び
ものがあった。
を見開く。
と鼓動を打ちながら
け抜けるものがあった。
……、っ、……!」
……!）

ラルーナ文庫

ふたりの花嫁王子

雛宮さゆら

三交社

CONTENTS

序章　女帝の治める国……9
第一章　雪凛王子と奴隷……24
第二章　李燕王子と術士……43
第三章　囚われた王子……76
第四章　死霊の行方……117
第五章　彼らの望み……135
第六章　ただひとりの存在……173
終章　四人での交わり……201
あとがき……229

Illustration

虎井シグマ

ふたりの花嫁王子

本作品はフィクションです。
実際の人物・団体・事件などにはいっさい関係ありません。

序章　女帝の治める国

女帝は、居並ぶ臣下を睥睨《へいげい》していた。

この壽国《じゅこく》、いただくは齢《よわい》二十三の麗しき女帝。その左右を守るは、左右大臣の地位にある弟たちだ。

右は、李燕《りえん》。齢十八の伏し目がちな青年。左は、雪凜《せつりん》。両の目尻《めじり》のすっとあがった齢二十の青年で、その相貌《そうぼう》からも、李燕との性格の違いが見て取れる。

壇上にある彼らの視線の先には、無数の臣下たちがいた。皆揃《そろ》って頭を下げ、きょうだいたちに恭順の意を示している。

「皆、苦労である」

女帝は、重々しい声でそう言った。

「先ごろ起こった旱魃《かんばつ》も、どうにか治まったようだな？」

「畏《おそ》れながら」

低い声で応《こた》えたのは、先頭にひざまずいている銀髪の臣だ。

「されど旱魃に巻き込まれた民たちは、まだ飢えと貧困に喘《あえ》いでおります。ぜひとも、陛下のご温情を……」

「ふむ」

女帝は、進言した臣をじっと見た。その金色の瞳《ひとみ》から溢《あふ》れ出るのは、苦境にある民たちを思っての慈悲深いまなざしだ。

「では、向こう三年の税をなくそう。三年あれば、民の生活も立ち直ろうに」

「三年も……！」

呻《うめ》くように、後ろに控える臣が言った。

「しかし三年も税をなくすとは……、民たちを甘やかすことにはなりませんか」

「甘やかす？　とは、どういうことだ」

女帝が、低い声でそう応える。

「民たちは、苦しんでいるのだろう？　その間の埋め合わせは、我らで行うべきであろうが」

「で、すが……、しかし」

言い淀《よど》む臣の顔を見やり、女帝は目をすがめた。

「我らが、日々の食事を質素にし、まとう衣を絹から麻に替え、屋根の葺《ふ》き替えを頻繁にしなければ、三年程度、やり過ごすことができよう？」

「陛下が、麻のお召しものなんて！」

ほかの臣が、声をあげた。

「王宮の屋根を葺かないなど、ありえましょうか⁉　陛下のための民たちが、陛下にご不自由を強いるなど」

「我は、屋根など雨漏りがしなければよい。のう、李燕」

呼ばれた右の弟は、勢いよく背を正した。はいっ、と弾《はじ》かれたように返事をする。

「姉上がそうおっしゃるのなら、私はそれに従います」

「雪凜も、そう思うであろう？」

「もちろんです」

どこか挑戦的なまなざしで、雪凜が言った。

「姉上が耐えられるものを、私たちが耐えられないということがありましょうか」

ふふっ、と女帝が微笑《ほほえ》んだ。彼女の視線は臣たちのほうへ向き、彼らはいっせいに身を強《こわ》ばらせる。

「弟たちも、こう言っておる。ましてや、そなたたちが不自由に耐えられないということはあるまい？」

「まことに……」

銀色の髪の臣が、深く頭を下げた。

「陛下のご温情のほど、沁《し》み入ってございます……！」

「わかればよい」

情け深い笑みを、女帝は浮かべた。手にした扇をひと振りし、すると朝議の間の淀んだ空気が晴れたように感じられる。

「では、三年。税の取り立てはなしとする。そのほうたち、その旨きちんと認識し、民のため我のため、努めるように」

はっ、と臣が声を揃える。女帝は満足そうな笑みを浮かべ、皆を見やる。

と、突然その表情が変わった。

「う、う……、っ、……」

「姉上！」

李燕が、女帝に駆け寄る。雪凜がその背に手を添える。ふたりがなだめる声をかける中、その穏やかな目もとがみるみるつりあがり、まるで違う人物になった。

「お気を確かに、姉上！」

「陛下！」

女帝は、女とは思えない力できょうだいと臣を振り払う。彼らが床に転がり、それを踏みつけるように彼女は玉座から立ちあがった。結われていた髪から簪《かんざし》がいくつも落ち、音を立てて床に散らばる。

「そなたら……、妾《わらわ》を、何者と心得てか！」

声も違う。今までの優しげな口調から、まるで今にも食いついてきそうな激しい調子に変化している。

「妾は帝王ぞ！　帝王を前に、その仕振りか！」

「姉上！」

悲痛な声で、李燕が叫んだ。見あげる弟を見下ろし、女帝は胸もとに手をやる。素早く現れたのは抜き身の懐剣で、刀身が妖《あや》しく光った。

「妾を侮る気か？　ただではおかぬ！」

「う、わっ！」

懐剣が空《くう》を斬《き》る。その刃《やいば》を受け止めたのは、雪凜が抜いた短刀の幹だった。

雪凜のほうが、力が強い。懐剣は弾き返され、女帝はその勢いで倒れ込む。

「慧敏《けいびん》！」

叫んだのは李燕だった。群臣の中から飛び出してきた影がある。それは倒れた女帝の脇《わき》に膝《ひざ》をつき、目の前に印を結んだ。

「滅！」

うぁ、と女帝が声をあげる。衣を乱すことも厭《いと》わず転がる女帝に、なおも術をかける『慧敏』と呼ばれた男は、口を動かした。

「滅っ！」

「ぐわぁ、あ……、っ、……、っ……！」

女帝は胸をかきむしる。衣が乱れることも気にかけてはいないようだ。続けてかけられる術に、その余裕がないのだろう。

「そ、なた、ぁ……、っ、……」

恨みがましい表情でそう言って、女帝はかっと目を見開くと、指先で床を引っ掻《か》きながら力を失った。

「は、ぁ……、っ、……」

慧敏が、大きく息をつく。雪凜の合図で白い衣の男たちが入ってきて、丁寧に女帝を抱きあげると、脈を診《み》た。

「お体に、異常はございません」

その中で、もっとも年嵩《としかさ》の男が言った。

「ゆっくりとおやすみになれば、すぐに回復されるでしょう」

「姉上……」

ほっとしたように、李燕がその場に座り込んだ。そんな弟の腕を取って立たせながら、雪凜は眉根《まゆね》を寄せて尋ねた。

「やはり……、羿君《げいくん》の魂なのか？」

「さよう」

組んだ印はそのままに、眼に力を込めたままの慧敏が言った。

「陛下のお体は、依然、羿君の魂に取り憑《つ》かれております……こうやって現れるたび、その根は深くなっているように感じられます」

「羿君……」

唇を噛《か》んで、雪凜は呻いた。屈強な臣の腕に抱きあげられ、運ばれていく姉を見やりながら、雪凜はなおもつぶやく。

「いかにして、姉上から引き離すべきか……」

「羿君の魂の、未練を断ち切らねばなりません」

慧敏が印を組み替え、空気をかき混ぜるように手を動かしたのはこの場を清めるためだ。

何度も見てきた雪凜は、それを知っている。

「しかし、いかように……？　羿梠の魂は、生まれたときから姉上に憑いている。今まで、幾多の術士が試みて……落とせなかった魂だ。それを、おまえはいかに」

李燕が、不安そうに慧敏を見やる。慧敏は目をすがめ、すると李燕は真っ赤になって視線を逸《そ》らせてしまった。

「そのための手を、講じてはおります」

悔しげに、女帝が運ばれていった方向を見ながら慧敏が言った。

「しかし一朝一夕に、とはまいりません……なにせ羿梠は、陛下とともに産まれし者……。魂の結びつきは、並みのきょうだいよりも濃く、強い」

「それが、姉上の魂に絡みついて離れないと」

「このことが判明してから長い時間が経ちましたが、羿梠の陛下への執着は並みならず。どのような術者の技も、お体に宿る羿梠の魂を断ち切ることはできません」

「ゆえに、おまえはいかように、と訊《き》いている！」

雪凜は、不機嫌に片足を踏み鳴らした。李燕はびくりと肩を震わせたけれど、慧敏は微動だにせず、そっと印をほどいた。

「いかに李燕の気に入りといえど、いつまでも手をこまねいているようでは、今までの術士たちと同じ運命を辿《たど》るということになるが？」

それを知らない慧敏ではないだろうが、彼はにやりと笑って、上目で雪凜を見あげた。その不作法に雪凜は眉をひそめたが、慧敏はそんなことには心動かされないとでもいうように、雪凜を見やっている。

「……慧敏！」

そんな慧敏に、李燕が近づいた。かたわらに腰を下ろし、先ほどまで印を組んでいた手に自分のそれをそっと寄せる。指先を絡めて引き寄せて、李燕は慧敏を心配そうな表情で見た。

「そのような、お顔をなさって」

ふっと、慧敏が笑った。李燕の手をぐっと握る。そしてその耳に、口を寄せた。

「今夜……、どうなっても、知りませんよ？」

そう言うと、李燕の頰《ほお》はぱっと赤く染まった。雪凜は呆《あき》れた顔で彼らを見ると、女帝が運ばれていった方向を見る。

「玲蘭《れいらん》姉さま……」

つい口から洩《も》れたのは、幼いころからの呼び名だ。玲蘭という姉の名前は、母帝の死から『陛下』との呼び名に変わり、もう呼ぶことはない。しかしその昔から玲蘭は翆楛の魂に苦しめられてきていたのであり、その苦悶《くもん》は今も変わらない。

雪凜は振り返った。朝議の間には、大きな錦絵がある。織られているのは艶《つや》やかな黒髪が足もとまでを覆う、白い美女の姿だ。手には燃えあがる炎の珠を持っている。伏せた瞳は宝石のような紫だ。

（女蝶《じょじょう》……）

それは、この壽国を産んだと言われる女神だ。女神が国を造ったとのことで、国の支配者は代々女性が引き継ぐ。玲蘭は十二代目にあたる。代々の女帝は、女蝶の激しい性格を受け継いだと思われる、ときに残虐な、ときに苛酷《かこく》な性質を隠すことはなかった。

女蝶は、人肉を喰《く》らうのだ。壽国を造ったのも、その腹がくちくなるまで人肉を喰うためだといわれている。

しかし玲蘭は、歴代の女帝に似合わず、温和で優しく、慈しみ深い。女蝶の激しい性格は玲蘭の姉に受け継がれたらしい。忌まれる双子として生を受けた羿裙と玲蘭は、姉である羿裙が殺された。玲蘭は未来の女帝として帝王教育を受け、そんな彼女の魂にきつく縛り憑いているのが、死んだはずの羿裙なのだ。

（あの発作さえなければ、十二代の中でももっとも慈悲深く明朗な、賢帝であられるのに……）

臣下の中で、密《ひそ》かにささやかれている噂《うわさ》——優しげな性質を持つ玲蘭は、女蝪の性質を色濃く受け継いだ羿梠にとらえられてしまうのではないだろうか。

羿梠が玲蘭に取って代わり、死んだはずの双子の姉が女帝になる——それは想像するだに恐ろしい未来で、いかにしても羿梠の魂を冥土《めいど》に送ってしまわなくては、と思うのだ。

（いかに……、いかにすれば）

臣たちが、窺《うかが》うように雪凜を見ている。雪凜はうなずいた。皆、同じことを考えているのだ。羿梠に怯《おび》え、羿梠に取り憑かれた玲蘭に怯え、いかにその脅威から逃れられるのか、その方法を熱望している。

（今しばらくは、慧敏の腕に頼るしかない、か……）

慧敏は、隣の罙国《しんこく》から流れてきた術士だ。どういう経緯《いきさつ》があったのかは知らない。ただ遠乗りに出かけていた李燕が水もなく行き倒れていた彼を見つけ、連れてきた。

その操る術が羿梠の魂を抑えるために有用であるとわからなければ、慧敏は罙国に送り返されていただろう。

外国人の技に縋《すが》るしかないというのも情けない話であるが、慧敏以上に羿梠の魂を抑えることのできる者がいないのは事実だ。雪凜は、ため息をついた。

「雪凜さま……」

縋るように、臣のひとりが声をかけてくる。雪凜はその臣を見下ろし、うなずいた。

「女帝は、無事にあられる」

彼を安心させるように、雪凜は微笑む。その笑みに、しかし臣は安堵《あんど》したようには見えなかった。

「羿珺の魂を、ああやって抑えることができる……手段が、とりあえずはある」

「しかし、あれなるは外国人でございましょう。そのような者に、頼るばかりでは……」

彼の懸念はもっともだ。しかしほかに手立てがない、そのことも雪凜の心配に拍車をかける。

「いつしか、私がけりをつける。それまでは、あの外国人に頼るしかなかろうよ」

ふっ、と雪凜はため息をついていた。そんな彼を、臣が不安げに見つめていた。

（この国は……、我が壽国は、この先どうなってしまうのか）

不安なのは、雪凜も同じだった。しかしそれを顔に出すわけにはいかない。臣の手前、鷹揚《おうよう》なふりをしていなくてはいけない。

（いかにして、羿珺の魂を消滅することができるのか……）

慧敏と、目が合った。彼が不敵に微笑んだのは、すでに羿珺の魂を封じる方法を手にしているということだろうか、それとも悩む雪凜を見て楽しんでいるだけだろうか。

（そして……、私たちの運命は）

雪凜は、袍《ほう》の裾《すそ》を翻した。その場の者が、いっせいに礼を取る。その中を顎《あご》を反らせて歩きながら、雪凜は広間の外にひざまずいている姿を見やる。

「待っていたのか、歐芳《おうほう》」

「雪凜さまの、お呼びでございましたので」

「ふん」

先を取って歩き出す雪凜の後ろに、歐芳は従う。彼は足音を立てない。どのように歩いているのかといつも思うけれど、その生い立ちゆえか役目のゆえか、雪凜は歐芳の足音を聞いたことがない。

無気味な男だ——しかしそこを、雪凜は気に入っていた。奴隷の身分でありながら私室に入ることを許し、着替えの手伝いまでさせているのはそのせいだ。そのようなことは侍女を使うようにと言われているけれど、歐芳があまりに気が利くので、ほかの者など使う気にはなれない。

房室に入ると、雪凜は黙って腕をあげた。心得たもので、歐芳は素早く雪凜の服を脱がせる。侍女は藍《あい》色の袍と黒の褲子《くんず》を用意していて、雪凜は歐芳の手でそれに袖を通す。触れるか触れないか、ぎりぎりの手つきで着つけをする歐芳の顔を、雪凜はじっと見た。

「……なにか」

「いや」

歐芳が、真面目《まじめ》な顔をしているのがおかしい。夜ともなれば臥台《しんだい》で、獣のような顔を見せるくせに。その大きな手で、雪凜を追い立てるくせに。

「おまえの、澄ました顔が面白い」

「澄ましてなどおりません」

やはり淡々と、歐芳は言った。この男が怒ったり、泣いたりしているところを見てみたい――そう思ってしまうのは、意地の悪い考えというものだろうか。

「歐芳」

袍をまとい、釦《ボタン》を留めている彼に雪凜は声をかけた。

「はい……？」

頭ひとつ大きな彼の両頬に、手を添える。引き寄せてくちづけると、歐芳は目を丸くしていた。

「生意気な、罰だ」

まとったばかりの袍の裾を翻し、歐芳の前から去る。振り返ってにやりと笑うと、歐芳は仕方ないとでもいうように目を細め、そして雪凜のほうに歩んできた。

第一章　雪凜王子と奴隷

響くのは旗袍《チーパオ》の衣擦《きぬず》れの音、簪の触れ合うちゃりちゃりという音。漂うのは白粉《おしろい》の香り、練り香水の香り。

そして、血の匂《にお》い。

「ふ、っ……」

雪凜は、裸足《はだし》で臥台の脇に立った。手には懐剣を持っていて、臥台にはでっぷりと太った男が横たわっている。よく見る者があれば、その胸が十字に裂かれていて、肉に埋もれた目は血走り大きく見開かれ、ぴくりとも動かないことがわかるだろう。

「再見《ツァイチェン》、因業ジジイ」

ため息とともにそう言って、雪凜は男を蹴《け》り落とす。懐剣を投げ捨てる。そして声をあげた。

「歐芳！」

部屋の壁を飾る幕の間から、歐芳が出てくる。彼はいつもの無表情で、懐から布を取り出すと、雪凜の頬に散った血糊《ちのり》を拭《ぬぐ》い取った。

「そのようなところに隠れていたのか」

歐芳は、いつもどおりなにも言わない。雪凜の足もとにひざまずくと、血に汚れた手を取った。密かに女帝を裏切る計画を練っていた臣だ。苦しまずに殺してやったことを感謝してもらいたい。

「ふん」

雪凜が、なにも履いていない足で歐芳の腰を蹴ると、彼は顔をあげた。じっと雪凜を見つめている彼の顎を抓《つま》み、血の匂いのするくちづけを押しつける。

「ん、っ、……、っ……」

しかし雪凜からしたはずのくちづけは、歐芳にとらえられる。きゅっと強く吸われ、ぞくぞくとしたものが背を走った。雪凜は微《かす》かに声をあげ、それを舐《な》め取るように歐芳は舌を使ってくる。

「っ……ん、っ……、……」

舌を吸いあげられ、血まみれの体はたちまち熱くなった。人を殺した昂奮《こうふん》もあるのだろう、雪凜の血は沸騰したようになり、自ら歐芳を求める。

「もっと……、もっとだ、歐芳」

掠《かす》れた声で、雪凜はささやいた。

「私を清めろ……、因業ジジイの血で汚れた私、を」

はい、と歐芳は微かな声で言った。彼の手は雪凜の背に這《は》い、肉刺《まめ》のできた手がざらりと肌を撫《な》であげる。

「ふ、ぁ……、っ、……、っ……」

つま先までを走った痙攣《けいれん》に、雪凜は身震いした。そんな彼を追いあげるように、歐芳は何度も背を撫でてくる。いつの間にか雪凜は、歐芳に縋りついていた。あたりには、濃い血の匂いが立ちこめる。

「ん、……、っ、……、っ、……」

雪凜さま、と歐芳が密かにささやく。その声音に聴覚を揺さぶられ、ぞくぞくと身を震わせながら、雪凜は強く歐芳に身を擦《こす》りつけた。

「は、や……、っ、……」

ねだるように呻くと、歐芳がそっとため息をつくのがわかる。その息は熱っぽく、彼もまた欲情を抱《いだ》いているのが感じられた。

「あ、あ、……っ、……」

歐芳の手は、なにもまとっていない雪凜の腰をなぞる。ひくん、と下半身が震えた。それを歐芳は押さえ込むように体重をかけてきて、より強く雪凜を抱きしめてくる。

「んぁ、……あ……、ん、っ……」

「ふ、っ、……」

彼の指は背筋を辿り、双丘の狭間《はざま》にすべった。思わず腰を反らせてしまい、しかしそんな雪凜を逃がすことなく、歐芳は奥に指を入り込ませてくる。

「ひ、……ぁ、ぁ……、っ、……！」

敏感な部分に触れられて、また腰がひくついた。そんな彼の反応を愉《たの》しむように、歐芳は指一本の先端を入れては抜き、抜いては入れて、蕾《つぼみ》を潤ませていく。

「っあ、あ……、ん、……、っ……」

男が蕾を濡《ぬ》らすことがあるなんて、以前には考えたこともなかったのに。歐芳は、雪凜の体を変えていく。雪凜を、男の体なしでは生きていけない淫乱《いんらん》にしてしまう。

「いぁ、……あ……、っ、ん……！」

相手が歐芳だからこれほどに反応するのか。それとも雪凜の体は、男なら誰《だれ》にでも悦《よろこ》ぶのか。それは彼にはわからない、わからないながらも彼の腕の中で身悶《みもだ》え、声をあげて身を反らす。

「あ、あ……、あ、あ、あ！」

ちゅく、と音がして、歐芳の指が中ほどにまで入ってきた。内壁の柔らかい部分、盛りあがった凝《しこ》りを擦られて雪凜は声をあげる。歐芳は執拗《しつよう》な動きで感じる部分をいじってきて、体の中心を快感が走った。

身の芯《しん》が震えて、大きく反応した。それに気づいていないはずはないのに、歐芳はなおも快楽を与えようというように指を動かした。

「っあ、……、お、……う、ほ、……、……」

「雪凜さま」

そうささやいた歐芳の声が掠れていて、あまりにも艶《なま》めかしかったから。体を貫いて駆け抜ける衝動があったから。雪凜は微かな声をあげて達し、歐芳の袍を汚した。

「は、っ、……、ぁ、ぁ……、っ」

雪凜は顔をあげて、歐芳を見る。にやり、と唇の端を持ちあげて笑うと、その唇を荒々しく奪われた。

「ん……、ん、……、っ……」

「雪凜、さま」

そうささやくのと同時に、歐芳は入れ込んでくる指を深くした。感じる部分を擦られ、さらに奥、柔らかい内壁を引っ掻かれて、一度達した雪凜の欲望は、再び力を得る。

「ひぁ、あ……あ、あ……、っ、……」

中をぐるりとかきまわされて、ぐちゃぐちゃと音がした。男である自分の体がこれほど濡れているということにたまらない羞恥《しゅうち》を味わわされながら、それが同時にどうしようもなく心地いい。

「あ、早、……、っ、……」

途切れ途切れに、雪凜は叫ぶ。その声は絡まって空《くう》に響き、奇妙に淫《みだ》らな音となって自分の耳に届いた。

「は、や……、お、う……、ほ……！」

「早く、とは？」

意地の悪い声で、歐芳が尋ねてくる。

「なにをお求めですか……？　あなたの望みなら、なんでも叶《かな》えて差しあげましょうほどに」

「や、ぁ……、っ、……！」

なおも、指が動く。内壁を擦られ奥を突かれ、しかし指では求めるところに届かない。

雪凜は腰を揺すって背を反らせ、欲する部分に導こうとした。

「……ああ」

歐芳が、耳もとで深く息をつく。

「そんな、淫らな姿をお見せになって」

「な、にを、……、っ、……！」

余裕を見せる歐芳が憎らしい。彼を睨《にら》みつけようとしても、目には涙が張っている。うまく視界を定められない。その間にも歐芳は指を増やし、後孔をより柔らかく拡《ひろ》げようとする。

「いぁ、あ……、っ、……、っ……」

「中が、私を求めている……」

熱い息を吐きながら、歐芳がささやいた。

「こんなに、愛らしく。私を、求めてくださっている……」

「そ、んな……ぁ、ん、じゃ……！」

大きく咽喉《のど》を反らせて、雪凜は喘ぐ。彼を苦しめている歐芳の唇がそこに這って、きゅっと軽く咬《か》みついた。

「あ、ああ、っ！」

とっさにあがった嬌声《きょうせい》に、歐芳は満足したようだ。それでも彼は歯の痕《あと》を舌で舐め、

なおも咬みついてきて雪凛を追いあげた。

「っあ、あ……ああ、あ……っ……！」

「……ここも」

「ひぁ……ああ、あ！」

歐芳の大きな手が、両脚の間に這ってくる。そっとなぞられて、その微妙な感覚がかえって感じる種になる。ひくん、と雪凛は腰を震わせた。すでに張りつめていた彼自身が、大きくわななく。同時に欲が、解き放たれる。

「あ、あ……っ、……、っ、……」

か細く長い嬌声を、雪凛は吐いた。その声につられるように粘ついた精が飛び散り、歐芳の袍に模様を描く。

「ふ、っ……、ッ……、っ……くくっ」

震える声で、雪凛は笑った。

「汚してやった……、おまえが、好き勝手するからだ」

「本望ですとも、雪凛さま」

昂奮を隠さない声で、歐芳が答える。

「あなたに汚されるのなら、本望……。ねぇ」

彼は、耳に唇を寄せてささやいた。

「もっと、汚してください。もっともっと、私を……、あなた、で」

「……っあ、あ……ああ、……っ、……！」

そう言いながら歐芳は、ちゅくんと音を立てて指を引き抜く。雪凜の下肢が、大きく震えた。拡げられた後孔はひくひくとわななきながら、入れられるものを待っている。

迫《せ》りあがる快感を堪《こら》えながら、雪凜は笑った。手を伸ばし、歐芳の頬に触れる。

「汚してやろう……」

途切れ途切れの声で、雪凜はささやく。

「おまえの、すべてを。私で」

「ありがたき……」

歐芳はそうつぶやいて、そして雪凜の体を抱きあげる。あ、と甲高い声があがった。濡れて拡がった雪凜の秘所は、押しつけられた質量に少し悲鳴を立てる。そこは軋《きし》みながら熱杭《ねっくい》を受け入れ、彼をたまらなく感じさせた。

「あ、あ……、っ、……あ、……あ……、ああ！」

「ん、っ、……、っ……」

雪凜の手は、歐芳の肩にかかる。鋭い爪《つめ》を立てる。がりっと布を引っ掻いた、その感覚

が彼の欲情を煽《あお》った。

「ふぁ、あ……、……ん、っ、……、っ……！」

ぎち、ぎち、と歐芳の欲芯が入ってくる。その感覚に雪凜は喘ぎ、声をあげた。彼の体により強く爪を立て、激しすぎる攻めあげに耐える。

「……ん、ん……、っ、……、っ、……」

「せつ、り……、ん、……、さ……、……」

歐芳の、わななく声が耳に届く。彼が感じていることがたまらなく誇らしくて、喜ばしかった。いつも冷静な彼が息を乱すのは、雪凜を抱くとき以外になかったからだ。

「ああ、あ……あ、あっ……！」

しかしそうやって考えごとをしていられるのも、束《つか》の間だった。太いものが内壁の感じる部分を突き、雪凜は裏返った声をあげる。ふっと、歐芳が熱い呼気を吐いた。

「感じ、ます……か……？　雪凜さま」

「は、ぁ……、あ、あ……、っ、……！」

嬌声をあげる唇を、彼が塞《ふさ》ぐ。息を奪われて苦しくて、しかしその息苦しさがたまらない快楽になった。雪凜は乱れた声をあげ、歐芳はそれを舐め取るように舌を動かした。

「ん、く……っ、ッ……ん、っ……！」

口腔《こうこう》を思うがままに嬲《なぶ》られながら、下肢もまたじゅくじゅくと突きあげられる。柔らかい肉を擦られ突かれ、引き抜かれてまた突き立てられた。

「ふ……、っ、ん、……っ、……ん、んっ、……っ！」

感じるか、と問うてくる歐芳の声に、もう答えることができない。彼の腕の中で、雪凜は快楽のみを受け止める肉の塊と化していて、思うがままに己《おの》が身の反応を律することができない。

「あ、あ……や、ぁ、あ……、ッ、……っ……！」

大きく仰《の》け反る雪凜の腰を、歐芳が抱きしめる。引き寄せられて接合はますます深くなって、奥をさらにごつごつと突きあげる歐芳の貪欲《どんよく》な動きに、雪凜は声をも失った。

「だ、ぁ……め、っ、……、……」

「しかし、雪凜さまは」

「いぁ、ああ……、っ、……あ、あ……！」

「そう、思っては……おられない」

ああ、と雪凜は震える声をあげる。大きく引き攣《つ》ってしなる背を歐芳が抱きしめて、さらに深く、奥を抉《えぐ》ってくる。

「や、ぁ……、ッ、……、も、だ……、め……、っ……」

ひくん、と雪凜の腰が震えた。彼の欲望は大きく震え、しかし溢れ出るはずの液体はない。

「あ、あ……、ああ、あ……、っ、……っ……！」

雪凜の下肢は、ひくひくと震えている。その目は濁ってなにも映しておらず、唇は開いて、端から透明な粘液を垂れ流していた。

掠れた声が微かに洩れるものの、自分の体の反応を制することはできず、ただ奥から溢れ出る痺《しび》れるような感覚に身を委《ゆだ》ねていることしかできない。

「……あ、あ……、っ……、ん、……ん、っ、ん……！」

「雪凜さま……」

彼の中を犯す男が、ささやく。

「達《い》っておられますね……？　なにも出さずに、その、体だけで……？」

「い、っ、……、……、ッ、……！」

男の絶頂なら、確かに射精するはずだ。しかし雪凜は今まで何度も、吐き出すもののない絶頂を味わってきた。そのぶん熱は体中を巡り、濃い奔流となって雪凜を苛《さいな》む。雪凜は大きく身を反らせ、指先までを小刻みにわななかせ、その身を歐芳が強く抱きしめていた。

「……っあ、あ……、ああ、あ……っ、……！」

目の前にちかちかと火花が散る。雪凜は何度も荒い息を吐きながら、歐芳の体に縋った。強い腕が抱きしめてくる。その力強さに息を吐きながら、それでもなおつま先にまで流れ込む快感には抗《あらが》えなくて、雪凜はか細い声をあげ続けた。

「は、……ぁ、っ、……、っ……、……」

「雪凜、さま」

低く掠れた声で、歐芳がささやく。

「汚します……」

「……あ、あ……、っ、……」

「あなたの、中。私の、穢《けが》らわしい液体で……」

「あ、……あ、っ、……ああ、あ、……！」

長く続いた絶頂の中、それをさらに高める衝動がある。どくん、と大きく育った歐芳の欲が震えた。それだけでも再び達してしまうような情動だったのに、さらには最奥で、焼けつくような粘液が放たれた。それは雪凜の深い、感じる部分に沁み込み、雪凜は大きく体を反らせてまたわなないた。

「っあ、あ……、っ、……、っ、……」

はっ、と歐芳が熱っぽい息を吐く。それは唇の薄い部分にかかってなおも雪凜は震え、そして彼が身震いし、欲望のほどすべてを吐き出すのと同時に、雪凜は深い深い息を洩らした。

「……あ、あ……、っ、……、っ、……」

「は、っ……、う……っ」

ふたりの喘ぎが重なり、そして互いに唇を求め合った。濡れたくちづけは深く、まだ足りないとでもいわんばかりに舌が絡み合う。

「ふぁ、あ……ん、っ、……、っ……」

「んぁ……あ、あ……、っ……っ」

房室には、くちゅ、くちゅと粘ついた音が立った。ふたりの吐き出した精液の匂いに混ざって、腥《なまぐさ》い匂いがするのに気がついたのは、何度も息をついて少しだけ体の熱が治まったときだった。

「雪凜さまが……汚れ仕事、なぞ」

「ふん」

まだ火照《ほて》っている体の熱を抑え込みながら、雪凜は気丈にそう言ってみせた。

「ほかの者に任せるには、心もとない。陛下のことなのだぞ……？　迂闊《うかつ》な者に洩らせることではない。私が自ら、手を下さねばな」

「せめて、私に申しつけてくだされば」

どこか不満げに、歐芳は言った。まだ深く繫《つな》がったまま、雪凜はくすりと笑って身を揺らす。あ、と艶めいた声が洩れた。

「おまえばかりを血で汚すわけにはいかないだろう……？」

「しかし、私は……！」

眉根を寄せて、雪凜はなおも駆けあがる快楽から逃げようとする。呻くような声で雪凜が歐芳に離れるようにと告げると、しかし彼は唇を舐めて、悪事を企《たくら》んでいるかのように雪凜の腰を抱き寄せた。

「いぁ、あ……、っ、……、っ……」

「あなたのために、存在するのです。……私は」

雪凜の耳もとで、歐芳がささやく。

「そんな私が、雪凜さまのお役に立てないなど……、存在意義が、ございません」

「まぁ、言うな」

くすくすと笑いながら、雪凜は言った。

「この下郎は、姉上……陛下に、言い寄ってさえいたからな。そのような不届き者は、私の手で始末してやるのがせめてもの情けだろう」

房室の床に転がっている、脂肪の塊のような男の体を、雪凜は顎先で差した。

「確かに、あるまじき品行ではありますが……雪凜さまが、このような穢れた者の血で」

そう言って、歐芳は雪凜の手を取る。白くなめらかな手を、そっと撫でる。彼の指の動きに、敏感になった雪凜の体は大きく震えた。

「汚されるなど、耐えがたいこと……どうぞ、このような仕事は、私にお申しつけください」

「それもこれも……、忌まわしい。羿椙の魂のゆえだ」

じゅくり、と音がして、熱杭が抜かれる。雪凜はひとつ、大きく息をして、その汗ばんだ身を歐芳に委ねた。

「姉上に取り憑いた、羿椙の魂……あれが皆を狂わせている。これも、また羿椙の仕業で狂ったのだろう」

床に転がった、血まみれの男の体。雪凜は、それに唾《つば》を吐きかけた。

「しかし……双子として生まれたおふたりの魂の絆《きずな》は、わけがたき強きもの。そう容易《たやす》く切り離すことができるようでしたら、陛下もあれほどに苦しまれることはありません」

「ともに生まれた者たちの魂は、強く強く結びついている」

そんな雪凜の体を、歐芳は抱きしめる。雪凜が歐芳に甘えるような仕草を見せるのは、まったく珍しいことだった。

「今まで、いかな方法も効かなかった理由が、それゆえであるのでしたら」

「このままでは、陛下の、姉上の統治に影響が出る。いや、もうすでに影響は出ている。いかに……、いかに。姉上をお救いするか」

まるで先ほどまでの情事を忘れたかのように、雪凜はその整った眉根をひそめた。歐芳は彼から身を離し、その袍を整え、自らもまた、情交の気配などひとかけらも残さずに身繕いして、ひざまずいた。

「それを、おまえも考えてくれているのなら、幸いなことだ」

「雪凜さまのお苦しみは、私の苦しみです」

うつむいて、歐芳は言った。

「微力な身ではございますが、なんなりと、雪凜さまのお力になれれば、と……」

「ああ」

血まみれの臥台に、優雅に座りながら雪凜は言った。

「おまえの働き、期待している」

歐芳は、さらに深く顔を伏せる。雪凜は立ちあがり、彼のもとへと歩み寄る。手を伸ばして歐芳の顎に指を絡め、上を向かせてくちづけた。

「雪凜さま……！」

「さんざん私を苦しめておいて、なにを言う」

からかうように雪凜が言うと、歐芳は視線を逸らせて、雪凜を笑わせた。

「まぁ……、見ていろ」

挑戦的な口調で、雪凜は言う。

「羿桾の魂を、取り払ってみせる……姉上の痛苦を、少しでも軽んじて差しあげる」

拳《こぶし》を握りしめると、雪凜は床の遺骸《いがい》を見た。鼻を鳴らしてその頭を蹴ると、房室を出ていく。その後ろ姿を、歐芳が追った。

第二章　李燕王子と術士

踏み出した足は、少し震えていた。

李燕は、恐る恐る房室の中を見やる。そこには白い衣をまとった女性の姿があった。

「姉上……？」

彼女は卓子に向かって書きものをしているようだった。李燕の小さな声に手は止まり、彼女が振り返るのに思わずびくりとしてしまった。

「よう来やった。李燕」

「はい……、お呼びと伺いまして」

玲蘭は筆を置く。さらり、と衣擦れの音をさせて立ちあがる姿は、見とれてしまうほどに優美だ。弟として玲蘭に近く接してきたけれど、その、まるで天女のような淑《しと》やかさには、いつも見惚《みほ》れてしまう。

「おまえに任せている、楚羅《そら》地方の税のことであるが」

思わず背筋が伸びる。李燕は十八歳になったばかり、まだまだ政《まつりごと》のことには慣れないけれど、それでも与えられた土地があり、それが西方の楚羅である。王族の一員が持つには小さな土地だけれど、李燕が女帝である姉に課せられたのは、そこの領主としての役目を果たすことだった。

「どうだ。三年間の租税免除は、効果をあげておるか」

「あの……、すみません！」

李燕はその場に膝をつき、身を縮みこませて小さくなった。玲蘭はそんな弟を睥睨して、ふっと小さくため息をつく。

「なにかあったのか？」

「申し訳ありません……！」

「謝っていてばかりではわからぬ」

それでも李燕は、謝罪以外の言葉を知らなかった。ひざまずいて謝罪を繰り返していると、頭の上にそっと、玲蘭の手が置かれた。

「姉上……」

「なにかあったのでなければ、この姉に教えてたもれ？」

「あ、の……」

震える声で、李燕は言った。

「姉上のお考えは、正しかったです。楚羅の者たちも、税の免除を喜びました」

「ならばなぜ、おまえはそのように？」

「姉上の告げに、裏があるのではないかと疑う者が少なからずいて」

今にも泣き出しそうになりながら、李燕は続ける。

「姉上に、裏などないのに。それを言い聞かせても信用せず……」

「裏、のぅ」

ため息とともに、玲蘭は言った。

「そのようなものを疑われるとは、私の未熟ゆえ、ということになろう」

「そんな……、姉上は、お悪くないです！」

李燕は声をあげた。

「私が……、私が、至らないばかりに、皆を説得できず……」

「そう、己を責めるな」

玲蘭は、なおも李燕の髪を撫でる。

「弟の悩みは、姉のものぞ……？　そのように、悲惨な顔をするでない」

「姉上……」

李燕は、ひゅっと息を呑《の》んだ。思わず涙が滲《にじ》みそうになるのを懸命に堪え、そんな李燕に玲蘭が微笑みかける。

「そなたが悩めることとあらば、私が自ら出向いてもいいのだぞ？　私が自ら、民を説得しようぞ？」

目を見開いた李燕は、しかしと首を振った。淡く微笑み、玲蘭に言う。

「いいえ……、私は頼りない領主ではありますが、それでも姉上から楚羅の地を与えられた者。その私が、姉上にばかり頼っているようでは……示しがつきませぬ」

「ふむ」

玲蘭は少し驚いた顔をしていたものの、すぐに笑顔を見せた。その優しげな笑みに、李燕は心の奥から、ほっと蕩《とろ》けた気分になる。

「そなたも、なかなかに大きくなったの」

え、と李燕は瞠目《どうもく》する。玲蘭は、すでに亡くなったふたりの母のように慈悲深い表情で、李燕を見つめていた。

「おや、李燕」

玲蘭が、困惑したように声をあげる。

「私は、なにか言ったかえ……？　そなたを、泣かせるようなことを」

「いえ……。姉上が、あまりにも母上そっくりなので」

ひざまずいたまま、李燕はごしごしと目もとを拭う。

「つい、母上を思い出してしまっただけです」

「それほどに、似ておるかの？」

「そっくりでいらっしゃいます」

ほほ、と玲蘭は笑った。その笑いはますます母に似ていて、李燕は泣きそうになっていたこともなにもかも忘れた。姉を見あげた。

「玲蘭姉さま……」

李燕は、幼いころの呼びかたで姉を呼んだ。歳《とし》も考えずに、と叱《しか》られるかと思ったのに、玲蘭はなおも優しい笑みを向けてくる。

李燕は、手を伸ばした。昔のように玲蘭は李燕の手を取ってくれて、思わず安堵のため息が洩れる。

「姉さ……」

「この、痴《し》れ者が……！」

突然、玲蘭の声音が変わった。李燕はびくりとして、彼女に取られた手を振り払おうとする。

「おまえは、よくよく死にたいとみえる」

「姉……、じゃ、な……！」

「妾を誰と思ってか？　侮ってか？　そのほう、つくづく妾を苛立《いらだ》たせる……！」

「慧敏……！」

とっさに李燕は、声をあげた。その声を待っていたかのように、飛び出してきたのは呼ばれた彼だ。

「お下がりください、李燕さま！」

「貴様……！」

玲蘭が――羿梠が、鋭い声をあげる。慧敏は慣れた調子で指を組み合わせ、呪《しゅ》を唱える。慧敏の声に、羿梠が呻く。つりあがった目で慧敏を睨むものの、彼にはそのようなことはこたえていないようだ。

なおも慧敏は呪を唱え、羿梠を苦しめる。しかし玲蘭の体を乗っ取った羿梠も、易々《やすやす》と退けられるつもりはないようだった。

「滅っ、……っ！」

それは慧敏が呪を唱えた、何度目のことだっただろうか。怒りに身を燃えあがらせていた羿棍が、がぁっ、と大声をあげた。その身を燃やす怒りの炎が勢いをなくし、目に浮かんでいる鋭さの脅威が緩んだ。

「ぐ、ぁ……、っ、……、っ、……」

断末魔の声をあげた羿棍の、気配が遠のいていくのがわかった。李燕はその場に腰をつき、慧敏は、はっと息を吐いた。

「誰か！　誰か、あるか！」

慧敏の叫び声に、側仕《そばづか》えの男たちがやってくる。床に倒れ伏せた玲蘭の姿に驚いたようだったけれど、しかし羿棍に支配されたあとの玲蘭は、いつもこうだ。男たちは玲蘭を抱きあげ、気遣う言葉をかけている。

「あ、あ……、っ、……」

いまだ驚きから抜け出せず、腰を抜かしたままの李燕を、慧敏は振り返った。

「まったく、あなたというかたは」

呪を解いた慧敏が、李燕のもとに歩いてくる。李燕は身を強ばらせたけれど、そんな李燕の恐怖にはお構いなしに、慧敏は手を伸ばして李燕の手首を、ぎゅっと摑《つか》んだ。

「ひ、ぃ、……っ、……、っ、……！」

「陛下にお目にかかるときは、重々気をつけるようにと、申しあげているではありませんか」

　慧敏の厳しい声に、李燕はぎゅっと目を瞑《つぶ》る。しかしいきなり抱きしめられ、抱えあげられて新たな声があがった。

「な、にを……慧敏！」

「あなたは、私がいなければどうしようもないのですね」

　小柄だとはいえ、李燕とて成人男性だ。その李燕を、慧敏は易々と抱いて歩く。すれ違う女たちが驚いてふたりを見、李燕は羞恥にいなくなってしまいたい思いだったけれど、慧敏は離してくれない。

「け、い……び、……ん、……」

　震える声で李燕がささやいたのと、慧敏が宮殿の奥、李燕の臥房《しんしつ》に足を踏み入れたのは、同時だった。

「けい、び……、ん、……、っ……！」

　房室の奥、李燕は臥台の上に投げ出される。柔らかい臥台では痛みを感じなかったけれど、それよりもなによりも、驚いた。

「な、にを……」

「あなたは、私との約束も守れないのですか」

「……あ」

見つめてくる慧敏の瞳は、先ほどの羿珺のそれのように、燃えあがっていた。

「あなたは、羿珺にとらわれやすい……いつ、取り憑かれるかしれない。陛下とお目通りをするときは、必ず気をつけるようにと、申しあげたはずですが？」

「ごめん、なさい……」

怯える李燕の前、慧敏は歩み寄ってきた。李燕の襟もとに手をやると、ぐい、と引き寄せる。

「や、ぁ……、っ、……！」

悲鳴をあげた李燕の唇が、慧敏のそれに塞がれる。李燕の目は驚きに見開かれた。思わず開いた唇に、舌が挿《はい》り込んでくる。歯列を舐められて、掠れた声が洩れた。

「静かに」

唇を合わせたまま、慧敏が言う。李燕は、ひくりと咽喉を鳴らした。

「お声を立てるのではありません……それとも誰かに、見られるのがお好みでしたか？」

「いや、……ち、が……、う……、ッ、……」

じゅくり、と音を立てて舌を吸われる。李燕はぞくりと背を震わせて、それに慧敏が、くつくつと笑った。

「あなたは、ひどくされるのがお好きだから……。このまま、舌吸いだけで達かせて差しあげましょうか？　お召しものはそのままに……たまらなくして差しあげましょうか？」

「や、ぁ……、っ、……、っ、……！」

李燕は声をあげる。しっ、と慧敏が、唇越しに言った。

「聞かれますよ？　王子が、昼間から……臥房で、男と情に耽《ふけ》っているなど、と」

「んぁ、あ……、っ、……、っ、……、ん、……」

濡れた声で、李燕は呻いた。彼は手を伸ばし、慧敏の袍の袖を掴む。彼を引き寄せて抱きしめ、自らくちづけをねだった。

「し、て……、っ、……、っ、……！」

ちゅく、と吸いあげながら、李燕は声をあげる。

「こ、こで……今。私を、抱いて……、……！」

「やれやれ」

呆れたように、慧敏は言った。それでいてその口調、洩らす呼気に、色めいたものがあることに気がつかないわけにはいかなかった。

「まったく、聞きわけのないお子だ」

「子供、じゃ、な……、っ……」

李燕は、懸命に声をあげる。しかし第二王子の傅育係《ふいく》として長年勤めてきた慧敏だ。そんな慧敏にかかれば、李燕は確かに子供だった。

「いいえ、子供ですよ。こうやって、快楽に弱くて……」

「ひ、ぁ……、っ、……、っ、……！」

「自らの衝動に逆らえないところは、特にね」

言いながら、慧敏の手が動く。李燕の袍の釦をひとつひとつ外し、肌を露《あら》わにさせていく。そこに手を這わせ、敏感な部分を粟立《あわだ》たせた。

「あ、っ、……、っ、……、ぁ、ぁ、……っ」

「もう、こんなに肌を湿らせて」

慧敏の、冷たい手が這う。撫であげられてきゅっと乳首を抓まれ、李燕は声をあげた。それは、蜜《みつ》がしたたるまでに深くくちづけた唇に吸い取られてしまう。

「少しくらい、我慢できないのですか……？　こんなに、せっついて」

「っあ、ああ……、っ、……、っ、……」

冷ややかな言葉に、李燕は煽られる。彼に縋りつきながら腰を捩《よじ》って、すでに感じていることを知らしめた。しかし慧敏は、そのようなことになど気がついていないというように、淡々と李燕の肌を愛撫《あいぶ》する。

「や、ぁ……、っ、は、や……、く……っ……」

「なにを、ですか？」

ちゅくり、と慧敏は、李燕の舌を吸いあげた。それだけでもう達してしまうくらいに全身がぞくぞくとするのに、慧敏は気がついていないのか——そのようなはずはない。李燕の目には、うっすらと涙が浮かんだ。

「慧敏……、っ、……」

彼の指は、剝《む》き出しになった上半身に触れる。両の乳首を抓まれて、痛いほどに力を込められて。李燕は掠れた声を洩らし、慧敏の腕を摑む力を強くした。

「痛いですよ」

慧敏が笑う。音を立ててくちづけがほどけ、すると銀色の糸がふたりの唇を繋いだ。それがちぎれるのを潤んだ瞳で見ていた李燕は、ふいに目もとにくちづけられて、はっとする。

「そのような顔を、なさって」

呆れたように、困ったように慧敏が言った。

「ご自分の淫らさを、わかっていらっしゃるのでしょうね？　そのような……罪深い顔をお見せになって」

「んぁ、……、っ、……、っ……」

自分がどのような顔をしているかなんて、知るよしもない。ただ、先が欲しくて。慧敏の愛撫が欲しくて。李燕は自ら慧敏にしがみついて、その唇を奪った。

「く、……ん、っ、……、っ、……」

「李燕さま」

慧敏が窘《たしな》める。彼の余裕が憎らしくて、李燕は乱暴に、そのまとう袍の釦に指をかける。うまく外れなくて、もどかしくて、引きちぎるようにして外した。

「だから、性急にはなさるなと……」

言って慧敏は、自ら上袍を脱いだ。筋肉の形が目に映って、李燕はぞっと背を震わせる。今からこの男に組み敷かれるのかと思うと、背筋にはますます怖気《おぞけ》が走った。

「だ、って、……、慧敏、が……、っ、……」

「焦《じ》らすから？」

にやり、と慧敏が悪辣《あくらつ》な表情を浮かべる。それを目に李燕は、はっと息を呑む。体を駆ける痙攣は大きくなって、李燕は指先までを震わせた。

「李燕さまは、焦らされて悦ばれるのだと思っていましたが……？」

「そ、んな……、こと、な……、っ、……！」

ああ、と李燕は声をあげる。慧敏が、その張りつめた筋肉に見合う力を以《もっ》て、李燕を臥台に押し倒したのだ。

「んぁ、あ……けい、び……、ん、……、っ……」

「知りませんよ」

舌なめずりとともに、慧敏は言った。

「どうなっても。あなたを……犯す」

ひゅっ、と李燕の咽喉が鳴った。大きく見開いた目からは涙がこぼれ落ち、今までの理知的な顔ではない、野生の獣の表情をして視線を落としている慧敏を見つめている。

「おか、して……」

掠れた声で、李燕はつぶやく。手を伸ばして、慧敏を求める。

「わ、たしを、……おまえの、手で……、っ、……」

慧敏が目をすがめる。彼は顔を伏せ、李燕の首筋に唇を押し当てた。きゅっと吸われると、ぞくぞくと体中が震える。

「痕がついた」

どこか、愉しそうな口調で慧敏が言った。

「私の痕ですよ……？　あなたに、刻み込んだ」

「も、っと……っ、……、っ」

ちゅく、ちゅく、とくちづけの痕が刻まれる。湯浴みの手伝いをする湯女《ゆな》たちには、またかと眉をひそめられるだろう。それさえもが快楽だ——この痕は、慧敏に愛されているという証《あかし》なのだから。

「もっと、欲しい……、っ、……、っ、……」

鎖骨に、胸筋に。乳首をくわえられて、きゅっと吸いあげられると、褌子の下に隠れた自身がさらに力を得たのがわかる。

「いぁ、あ……、っ、……、っ、……!」

擦り合わせる下肢を、慧敏が押さえつける。動きが自由にならないことがかえって快感を生み、李燕は喘いだ。

左の乳首は抓まれて、もう片方は舐められ、吸われて。そのもどかしさにしきりに腰を揺するものの、しかしそれ以上の愛撫は与えられず、李燕はなおも声をあげた。

「んや、……、っ、……、ん、……、っ、……、っ」

「我慢なさい」

意地の悪い声で、慧敏が言う。

「もっと、気持ちよくなりたいのでしょう……?　ならば、言うことをお聞きなさい。堪えて……」

「いぁ、あ、あ……あ、あ……、っ、……！」

ざらりとした慧敏の手のひらが、脇腹を這う。その感覚が性感を押しあげて、たまらず李燕は腰を捩った。

「ほら、声も」

とっさに李燕は、唇を噛む。しかし腹のくぼみにくちづけられて、大きく背が反った。同時に、甘ったるい声が洩れ出てしまう。

「あ、……や、ぁ……、っ、……、っ、……！」

そんな李燕を追いあげるように、慧敏は臍《へそ》のまわりにくちづけを残す。ちゅく、ちゅく、と吸いあげられて、肌が震える。ひくひくと体を震わせながら、李燕は切れ切れに感じる声を洩らし続けた。

「あ、は……や、く……、っ、……、っ……」

「なにを？」

慧敏が、なにも感じていないかのような声でそう言った。その手は、唇は、歯は李燕を攻め立てているのに、その慧敏はただあたりまえのことをしているだけであるかのように、息さえも乱さずに李燕を追いあげるのだ。

「なにを、早く？　はっきり言っていただかないと、わかりませんよ？」

「っあ、や……、っ、……、っ、……ん、っ！」

李燕を攻めあげることを言いながら、慧敏の手が褌子の紐《ひも》にかかる。しゅる、と音がしてほどかれる。李燕は、ひくりと腰を跳ねさせた。

「もう……、こんなにして」

「い……、っ、あ……ん、っ、……、っ……」

李燕はとっさに、涙の流れる目もとを腕で覆った。褌子が脱がされる。間近で見ている慧敏は、李燕の勃起《ぼっき》し、先端から透明な蜜液を流す欲望を目の当たりにしているだろう。それを思うとたまらなく恥ずかしく、体中が熱を持つのがわかるのに、それでいて見てほしいとの思いが迫りあがって、李燕は腰を突き出した。

「はしたない」

まるで嫌悪するかのように、慧敏が言った。李燕は息を呑んで唇を噛み、しかしそれでいて、もっと嬲る言葉をかけてほしいと願うのはなぜなのか。

「王子ともあろうかたが、いい恰好《かっこう》ですね？　そのような淫らな姿を見せて……平気なのですか？」

「あ、……、い、い……、慧敏、に、なら……！」

わななく声で、李燕は応える。

「見、て……もっと。私、を……、……！」

ふっ、と慧敏が笑う。恐る恐る李燕は慧敏を見て、彼の顔が欲に濡れているのを知った。すがめた鋭い目は嘲《あざけ》るように李燕を見つめながらも、確かな淫欲に染まっていたのだ。

「慧敏……！」

「まったく、どうしようもないおかただ」

ため息とともに、慧敏は言う。その吐息も、また邪欲に揺れている。

「私を誘惑して……どうなさるおつもりですか？　これ以上、私に淫らな真似《まね》をしろと？」

「し、て……、っ、……、っ、……！」

声を嗄《か》らして、李燕は叫んだ。

「もっと、して……挿《い》れて……、慧敏、の……」

「私の？」

自らの褌子の腰紐をほどきながら、慧敏はささやいた。

「私の、なにを……？」

李燕は、憚《はばか》ることなく淫らな言葉を口にした。それに慧敏は、小さく笑う。

「ためらいも、なにもない」

そう言いながら、慧敏は自らの指を舐める。まるで李燕に見せつけるように、ゆっくりと、唾液《だえき》がしたたるまでに指をしゃぶった。

「は、や……、ッ、……慧敏、……、っ、……！」

「お待ちなさい」

急《せ》く李燕を、焦らすように慧敏は言った。その指先はとろとろと濡れ、透明な液体が手首までを伝う。

「私は、いいのですがね……いきなりされて、辛《つら》いのはあなたでしょう？」

「ひぁ、あ……、ん、……、っ、……、……」

濡れた指で、慧敏は勃起した李燕自身をなぞる。声があがって、李燕は身を仰け反らせた。

「いい反応ですね」

慧敏は笑って、そのまま指を裏筋に沿わせた。つぅ、と焦らすようになぞって、李燕にさらなる声をあげさせる。

「ほら……、脚を、開いて？　いい子だから」

「や、……、ぅ、……、っ、……、……」

低い声で呻きながら、李燕はゆっくりと脚を開いた。淫語を口にするよりも、大きく脚を開いて自分の秘奥を見せるほうが恥ずかしい。それはおかしいと慧敏は言うけれど、李燕は自分の口より、彼を受け挿れる蕾のほうが雄弁だと思っている。

「……っ、ん、……、っ、……」

「ああ、もうぱっくりと開いて」

嘲るように、慧敏は言った。

「欲しいと、震えているのですね……？　こんな、ふしだらな」

どくり、と李燕の胸が跳ねる。

「いぁ、あ……、っ、……、っ、……！」

慧敏の指が、蕾の襞《ひだ》をなぞった。そっと爪先で触れられただけなのに、李燕は大きく体を震わせてしまう。

「どうなのです？　ここを……どうしてほしいと？」

「あ、……れて、……っ、……挿、れて……！」

李燕は声をあげる。そんな彼に、慧敏は低く笑った。

「慎みのない」

そう言いながら、彼の指がぐいと突き込まれる。一本を受け挿れただけで、李燕の欲望は容易く解放された。ぴしゃり、と白濁が慧敏の手を濡らす。

「おや」

「……っあ、あ……、っ、……、っ、……」

はぁ、はぁ、と李燕はせわしない息を洩らす。そんな彼を、慧敏が細めた目で見ていた。

「まだ、ろくに触れてもいないのに？」

「だ、って、……、ッ、……、っ……」

慧敏の視線が突き刺さる。それが痛くも快感で、李燕は身を捩る。すると受け止めた指が中でうごめき、李燕はまた悲鳴をあげた。

「ここが、いいのでしょう？」

「っ、……あ、あ……、ん、……、っ、……！」

「ここは……？　こちらは……」

挿ってくる指が、襞を押し伸ばす。潜んでいる敏感な神経を刺激する。それに反応して、李燕の欲望は再び力を得始めた。

「ここを……こうされただけで、また反応するのですね」

「だ、っ……、て、……、っ、……、っ、……」

喘ぎながら、李燕は応えた。

「だ、め……、っ、……、っ、……！」

「厭《いや》なら、やめますが?」

思わぬことを言って、慧敏は李燕を焦燥させる。手を伸ばしてねだっても、なお慧敏は冷ややかなままで、李燕を焦らすばかりなのだ。

「いや、じゃ……な、……、っ、……も、っと……」

ふふ、と慧敏が笑う。彼は差し挿れた指をさらに深くして、ぐるりとかきまわす。敏感な部分に触れられて、李燕は声をあげた。跳ねる腰を押さえつけて、慧敏が指を増やす。

「あ、あぁ、あ……、っ、……、っ、……!」

二本に増えた指は、李燕のもっとも感じる部分に触れた。隆起したそこを、挟んでは擦り、軽く爪を立てる。引っ掻かれて腰が跳ねた。それ以上、声をあげる余裕も与えずに、慧敏はなおも李燕を追い立てていく。

「いぁ、あ……、っ、……、っ、……、……!」

「ここを、こんなにして。どこまであなたは淫らなのですか?」

彼の、嬲る言葉が心地いい。侮る口調で言われれば言われるほど、李燕の体は高まっていく。熱を帯びて、どうしようもなく昂《たか》ぶってしまう。

「慧敏、が……触れる、から……ぁ……」

彼以外、誰も触れることのない体の内部を暴かれながら、李燕は声をあげる。

「そ、やって……、っ、……、いやらし、い……触りかた……、っ……」

「いやらしい？」

ふっ、と慧敏が、微かに笑った。

「なにをおっしゃるのですか……いやらしいと言えば、あなたのほうがよほどに……」

「っあ、あ……、ん、っ、……、っ、……、っ、……！」

ぐり、と中を抉られる。引き抜かれてまた埋め込まれて、感じるところを擦られて。李燕は腰を捩り、すると迫りあがる快感が薄くなってしまう。

「や、だ……、慧敏、っ、……の、ゆ、び……、っ、……っ」

「私の、指？」

「も、っと……、奥、ま、……で、……、っ、……！」

絞り出す声は、掠れてしまっている。しかしそれを聞き取ったのか、李燕の言うことなどお見通しなのか――慧敏は微笑んで、増やした指で深くを探る。

「……っ、あ……あ、あ……ん、っ、……、っ、……」

体が、どくりと跳ねる。李燕の淫芯は大きく震えて、しかし吐き出すものはない。ひくひくと腰をわななかせながらの放出のない絶頂は、長く続いた。

「達きましたか……？」

なおも李燕の奥をかきまわしながら、慧敏がささやく。その声さえもが性感につながって、李燕は咽喉を鳴らした。

「出していないのに、達って」

「だぁ、……、ッ、……、って……、っ」

声はうまく形にならない。ほろほろと涙の落ちる目を見開いて、李燕は慧敏を見つめた。薄笑いを浮かべる彼の、鋭い美貌《びぼう》。首筋の影、胸筋に至る形。みぞおちを辿り引き締まった腹部に目をやって、そして紐のほどけた褲子から覗《のぞ》く、彼の淫芯に視線が釘《くぎ》づけになった。

「慧敏……、っ、……」

「なんですか、李燕さま」

その先端からは透明な蜜液が垂れて、幹を伝っているのに。そのようなことはなんでもないとでもいうように、慧敏は余裕のある笑みを崩さないのだ。

「は、やく……、っ、……」

我慢ができなかったのは、李燕のほうだ。呑み込んだ指を食い締め、先を促す。手を伸ばして、慧敏の腕を摑んだ。

「おま、え……、を、……、っ、……!」

慧敏は、唇を歪《ゆが》めると思ったのに。辛辣《しんらつ》な言葉を吐くと思ったのに。彼は目をすがめ、李燕を見つめると、音を立てて指を引き抜いた。

「いぁ、あ、あ……、ああ、あ！」

再び、体が大きく跳ねるだけの絶頂が貫いた。李燕の濡れそぼった淫芯はぴくぴくと、放つことのできないもどかしさに震えている。

「李燕さま……」

掠れた声で、慧敏がささやく。その声に、ぞくりとさせられた。李燕は手を伸ばし、すると指が絡められる。彼の冷たい手にも幾ばくかの温《ぬく》もりがあって、それに芯から温められるような気がした。

「ひ、……、っ、……、っ、……ぁ……」

膝を押されてより大きく脚を拡げさせられ、するとほどけた蕾が露わになる。蕩けたそこは挿れられるものを待っていて、迫りあがるたまらない欲望を、李燕は視線で訴えた。

「あ、あ……、……っ、……、っ、……」

じゅくり、と濡れた音とともに、慧敏が挿ってくる。重なり合った襞を拡げられ、太い部分を呑み込まされて、李燕は喘いだ。甲高い声をあげながら手を伸ばし、慧敏の腕に指を絡めて、もっと、と引き寄せる。

「っあ、あ……ん、……、ん、んっ、……！」

「は、っ、……」

慧敏は、低い呻きとともに李燕を暴く、太い部分で挿り口を擦り、襞を刺激して生まれる濃い蜜をなすりつけ、より深く挿入してくる。

「淫らな、お体だ……」

嘲笑《あざわら》うように、慧敏は言った。

「こんなに吸いついてきて……私を、もっともっとと、ねだっていらっしゃる」

「あ、あ……、っ、……、っ……、そ、ぉ……っ……」

自分の淫らさは、わかっている。しかしそれをことさらに言いつのられては、たまらない羞恥が湧《わ》きあがった。李燕はとっさに自分の腕で顔を隠そうとし、しかし伸びてきた慧敏の手に摑まれる。曝《さら》け出した顔は、さぞ醜いだろう——しかし、そんな李燕の顔を見て慧敏は笑うのだ。

「なんとも……艶めかしいお顔をしていらっしゃる」

「んぁ、あ……、っ、……、っ、……」

「そのような表情で誘惑されては、どんな男も形なしでしょうね」

自分の腕を取った慧敏の手を、李燕は握る。指を絡めて、叫ぶように声をあげた。

「や、ぁ……、っ、……、っ……、けい、びん……っ、……」

手を握られた慧敏は、目をすがめる。李燕は彼に呼びかける。

「慧敏、じゃ……、ない、と……、い、や……、っ、……」

「私でなくては、いやだとおっしゃる？」

「ああ、ん……、っ、……そ、そ、……、ぉ、……、っ」

腰を揺らめかせながら、李燕は呻きを洩らした。繋いだ手にぎゅっと力を込めて、切れ切れの声をこぼし続ける。

「いや、だ……、慧敏、じゃない……、と……、っ、……」

小さく、慧敏が笑ったような気がした。李燕は懸命に涙の流れる目を見開き、しかし突きあげられる衝撃に、視界はすぐに効かなくなる。

「ああ、あ……、っ、……、っ、……、っ！」

じゅくり、と艶めいた音とともに欲芯が突き進んでくる。敏感な襞を押し拡げられ、指とはまったく違う感覚を味わわせられながら、李燕は身を反らせて声をあげた。

「っあ、あ……、っと、……も、っと……、っ……」

「ずいぶんと、積極的でいらっしゃる」

はっ、と熱い息を吐きながら、慧敏がささやいた。

「王子ともあろうかたが……、そんなに、淫らでいいのですか？」

「いぁ、あ……、ん、……っ、て、……、っ……」

「家臣のものを、ねだって離さないとは……そんな、慎みのないことで」

李燕を侮る言葉を吐きながら、慧敏の声も揺れている。それが淫猥《いんわい》に歪んでいることに、李燕はますます追いあげられる。高められる。体がどうしようもなく、慧敏を求めていることを感じざるをえない。

「いいのですか？　そのような、お顔を見せて……」

乱れた呼気とともに、慧敏が言った。

「どこの者とも知れぬ、怪しげな術士ですよ……？　私にすら、私がどこから来たのかわからないのに……」

「あ、あ……、っ、……慧敏、が……、い……、っ……」

彼の腕にしがみつきながら、李燕は叫んだ。

「おまえ、が……、おまえじゃな、いと…いや、……だ、っ、……」

その声とともに、突きあげが深くなった。敏感な襞を拡げられて、李燕は大きく咽喉を反らせる。

「っあ、……、っ、……ん、……けい、……、っ、……、っ……」

　ひくん、と李燕の腰が跳ねる。自身も大きく震えて、欲望が溢れ出たのを感じる。あまりの快感、衝動に息ができない。はくはくと震える唇に、柔らかいものが押しつけられた。

「……いぁ、あ……、ん、……、っ、……！」

　与えられるくちづけから、熱いものが流れ込む。呼気を奪われた中、懸命にそれを飲み下した。それが慧敏の唾液であることに気づき、このような淫らな行為を交わしていることにたまらなく昂奮した。

　彼の名を呼ぶ。すると応えが返ってきて、同時に深くを突きあげられた。これ以上はない、と思う奥の、さらに深みを擦られる。淫らな息を吐く間もなく引き抜かれ、ずるりとした感覚に声をあげると、また突き立てられた。

「も、……、だ、め……、っ、……！」

　掠れた声での訴えに、しかし慧敏は低い声で笑うばかりだ。

「だめ……？　なにが……、こんなに、私を取り込んで離さないのに……？」

　しかしその笑いは、途切れ途切れに掠れている。李燕は大きく身を捩り、拍子に中に受け挿れたものが大きくなるのを感じた。

「い、ぁ……、っ、……、っ、……！」

「李燕さま……」

慧敏が、ことさらに下肢を突きあげてくる。李燕の欲望は震えて、ぴしゃりと淫液を洩らしたけれど、力ない放出でしかなかった。

「はぁ、……、っ、……、っ、……」

もうこれ以上は、と思うのに、慧敏は容赦しない、引き抜いて擦り、挿り口に刺激を与えてまた突いてくる。李燕はもう息もできず、ひくひくと唇を震わせるのに、慧敏はなおも擦りあげを激しくしてくる。

「っあ、あ……、もう、……っ、……っ、……」

「まだ、ですよ……」

慧敏の声に、ひくりと咽喉が鳴った。目を見開いて見ると、慧敏の顔が滲んで映った。何度もまばたきをすると、また涙が流れ落ちる。

「そんな顔をなさって」

呆れたように言う慧敏は、息を乱している。彼自身が体内で震え、また質量を増したのが感じられた。

「……容赦、できませんよ」

「い、い……、から……、ぁ……、っ、……」

抱きしめられて、くちづけられた。自然に求め合い、舌が絡んで、唾液を交換する。

「ん、く……、っ、……、っ、……！」

李燕は、唇を押しつける。すると繋がったところでの接触が深くなって、悦楽が増した。全身を駆け抜ける熱に李燕は喘ぎ、その声を押さえつけるように、くちづけが激しくなる。より深いところまで、犯される。

「ふぁ……っ、……ッ……！」

その心地よさにわななく李燕の体の奥で、熱いものが弾けた。内側から焼かれる感覚に李燕は掠れた声をあげ、それでもなお、注ぎ込まれる熱は勢いを失わない。

「……っあ……あ、あ……、っ、……、っ、……」

「ふ、っ、……、……」

熱い慧敏の呼気が、唇を濡らす。彼も感じていることにたまらない情感を覚え、わななかいた李燕は、また力なく欲望を吐き出した。

「うぁ、あ……、っ、……、っ、……！」

「李燕さま」

慧敏は、艶めかしい声で李燕を呼ぶ。微かに目を見開くと、じっとこちらを見つめてくる彼の瞳がある。そのしたたるような色香に、李燕はごくりと息を呑んだ。

「けい、……び、……ん、……、……」

精いっぱい腕に力を込めて、彼を抱きしめる。慧敏が微かに笑って、抱きしめ返してきた。臥房にはふたりの荒い呼気が満ち、その艶めかしさに、李燕は身を委ねた。

「あなたは、私のものだ」

荒い吐息とともに、慧敏はつぶやいた。

「誰にも渡さない……、あなたの指先までも、呼気も」

「う、ん」

彼の背中に指を這わせながら、李燕はささやく。その声は掠れて、きちんと言葉になっていたかどうかわからなかったけれど、慧敏が微かに微笑んだことに満たされ、目を閉じた。

「なにもかも、私のものだ……」

耳に届く声は、途切れて掠れて、消えていく。自分が意識を失っていくのをぼんやりと感じながら、李燕は慧敏の声を聞いていた。

第三章　囚《とら》われた王子

それは、まばゆいばかりにうつくしい女の姿だった。

艶やかな黒髪は、白く磨かれた床にまで伸びている。彼女は白い輝きを織り込んだ衣をまとっていて、女が動くたびにそれはさらさらと音を立てた。

（誰、だ……？）

女の背は高く、細い面《おもて》は白かった。整った眉、通った鼻梁《びりょう》。小さな赤い唇には、濃い紅が塗ってあった。

（見たことが……ある？）

雪凜は、何度も目をしばたたかせた。女の姿を凝視しようとし、しかし女と自分との間には靄《もや》でもかかっているかのように、はっきりとしない。

（ああ、これは夢だ）

まばたきをしながら、雪凜は思った。

（私は、夢を見ているんだ。この女は、夢の中の住人）

「雪凜」

女は、鈴を鳴らすような声をしていた。その声に雪凜は、はっとする。彼女の姿とは裏腹に、声はやたらに鮮明に聞こえたのだ。夢だと思ったのに、夢ではないのか。

「雪凜。妾がわかるかや」

「なに……？」

女は、雪凜の名前を知っている。もちろん雪凜とて、王子だ。自分の知らない相手が、雪凜の顔を知っていてもおかしくはない。しかし女の口調には、単に王子を知っているというだけではない、もっと親しみを覚えているような調子を感じたのだ。

「妾ぞ。おまえは、常に妾のことを気にかけてくれていたではないか？　そんな妾のことを、見忘れたというか？」

「誰だ……、おまえは」

低い声で、雪凜は呻いた。同時に、夢とも現実《うつつ》ともつかぬこの空間の中、違和感を覚えた。

「な、に……、っ、……、っ、……！」

気づけば雪凜は、両手両脚を束縛されているのだ。縄か、麻紐か。どこから伝わってきているのかわからないなにか長いもので雪凜の両手脚は拘束され、吊《つ》り下げられて自由が利かない。

「おまえ、……これは、いったいなんだ！」

「おや、今ごろ気づいたのかえ？」

女は、楽しげにくすくすと笑った。その笑いはやはり鈴を転がすようで、しかしそのうつくしさに聞き入っている場合ではなかった。

「妾は、願いを叶えた……このような世界ではあるがな」

なにを、と雪凜は声をあげた。手を握りしめて力を込めると、濡れたものの感覚があった。雪凜の自由を奪っているのは縄ではないのか。それとも縄は、濡れているのか。雪凜の知らない、拷問の方法かなにかなのか。

「く、っ、……、っ、……」

雪凜は呻き、縄らしきものから逃れようと力を込めた。しかし力を入れれば入れるほど、縄の締まりはきつくなる。痛みを感じて声をあげると、女が衣をさらさらと鳴らしながら近づいてきた。

「我が、贄《にえ》」

楽しげに、女は言った。

「妾が、男……そなたは、妾のものになる」

「だ、れが……！」

雪凜は、声を振り絞った。目をつりあげて女を見やり、こちらを見つめてくるそのまなざし、瞳の色に、はっと気がついた。

「おまえは……！」

女は、くつくつと笑った。その笑い声には聞き覚えがある。しかしなによりも、その瞳の色だった。

「……おまえは……我らが、祖か……？」

女の笑いが、甲高くなる。その声はあたりに響き渡り、この夢とも現実ともつかない空間にこだました。

ひとしきり笑ったあと、女は低い声で楽しげに言った。

「よくぞ見抜いた。そう、妾は女蝸……おまえたちを、造りしもの」

女蝸の手が伸びる。細くて白い手は、雪凜の首を摑んだ。その華奢《きゃしゃ》な手からは想像もつかないほどに力は強く、息ができなくて彼は呻く。

「人肉を喰らう……女神、か……！」

苦しい息の中、雪凜がそう叫ぶと、女蝸は目を細めた。まるで雪凜を侮るような、それでいて愛《め》でるような、いくつもの感情の重なった笑みだった。

「そう。妾は、人間の肉を好む……壽国を造りしは、そのためじゃ」

雪凜の首を絞める手はそのままに、女蝋は続ける。

「そなたは、よい肉を持っておる……熟しし今が、まさに我が好みじゃな」

「な、にを……！」

吐き捨てるように言って、雪凜は女蝋の手から逃れようとした。しかしその手は細さに似合わず強く、そして両手両脚を濡れた縄のようなもので拘束された雪凜にとって、それは簡単なことではなかった。

「まさに、このときを待っておったに……」

女蝋は、満足げな吐息をつく。

「そなたが生まれたときから、ずっと見つめてきた。この肉……したたるように透きとおった、人間の肉」

赤い唇が開いて、ぎょっとするような真っ赤な舌が現れた。それは先端がふたつにわかれていて、それが紅を塗った唇を舐める。紅が滲んで、まるで血を舐めたように口もとが染まった。

「これを喰らう日を、どれほど待ち望んだか……そなたが妾のもとにくることを、いかほどに望んだことか……」

「知、るか……、そのような、こと……！」

気強く、雪凜は叫ぶ。

「私は、おまえのためにあるのではない！」

「いいや。そなたは、妾のもの」

ぎゅっと首を絞められて、息が詰まる。雪凜は呻き、それを喜ぶように女蟒は笑った。

「妾のために造られし人間……妾の、餌《え》になるためにな！」

「う、ぐ……、っ、……、っ、……！」

ぎりぎりと首を絞められる。その苦しみから逃れようと身を捩ると、ぬめぬめとした細いものにからめとられる。ぬるりと肌を撫でられて、体の芯にまで悪寒が走る。

――これは、いったいなんだ。雪凜はそれを振り払おうとし、しかしそちらもまた締めあげられて、呻きが洩れた。

「いい声だ」

女蟒が笑う。くつくつと広がる声は雪凜の脳裏に忍び込んで、たまらないおぞましさを感じさせた。

「その、苦悶の声……どれほど妾を喜ばせるか。もっとだ。もっと聴かせろ……」

「ぐ……、っ、……う……、っ……」

女の言いなりになりたくはないのに、自然に声が溢れ出る。まるでこの空間は女蝗の思うがままで、そこにいる雪凜も、また女蝗のいうなりであるかのようだ。

「のう、雪凜」

女蝗の、尖《とが》った爪が首の皮膚に触れる。そのまま首を掻き切られそうだと感じた。ぞくっと全身を走る怖気があって、それを感じ取ったのか、女蝗はまた笑う。

「人間は、たくさんいる……疎ましいほどにな。壽国を造りしころ、妾はそのすべてを喰うてやろうと思っていた……が、味の悪いものばかりでな」

その味を思い出したとでもいうように、女蝗は眉をひそめた。うつくしい女は眉を寄せてもうつくしかったけれど、しかしその表情には、人間から見るとあまりにもおぞましい陰があった。瞳がかち合い、すると女蝗は目を細める。

「この国を造ったは、失敗かと思うておった。しかしそこに、おまえが生まれ……」

つぅ、と爪先が雪凜の首から、咽喉もと、鎖骨に這った。そこには血の痕ができて、突き刺すような痛みに、雪凜は唇を嚙む。

「知っておるか？　この肌を愛でる者が多ければ多いほど、その艶は増す……旨《うま》みが濃くなる。そなた、この肌を許せしは、幾人かや？」

「ば、か……な、こと……を……！」

雪凜は、低く呻いた。女蝋の爪が、胸に伝った。その爪が、ぴりぴりと衣を引き裂いていく。

「私を、なんだと思っているのだ……」

「しかし、このなめらかな肌。美味《うま》そうな肉……愛でし者がなくては、ここまで色味を増しはせぬぞ？」

きゅっと、雪凜は唇を嚙む力を強くした。微かに滲んだ血の味は、女蝋のまなざし以上におぞましい味がした。

（歐芳……）

とっさに脳裏に浮かんだのは、その名だった。雪凜は驚き、目を見開いた。

「言え……、どれほどの男に、抱かれてきたのだ？」

「ふざけるな……、っ、……！」

「言わぬは、この体に聞くまでじゃぞ……？」

女蝋の爪が、直接雪凜の薄い皮膚を引っ搔いた。痛みに掠れた声をあげると、女はますます楽しげに声を立てて笑う。

「さぁ、もっと啼《な》き声を聞かせろ。そなたが何人に肌を任せたかは、この体に聞いてくれよう」

言って、女蛸は一気に雪凜の袍を切り裂いた。雪凜の唇からは微かに悲鳴があがり、同時に手首を締めつけるぬめったものが、うごめいた。

「ひ、ぁ……、っ、……、っ、……」

「麗しい姿を、妾に見せよ」

するり、と腕の内側を走ったものがある。雪凜はとっさにそちらに目を向け、手首に絡みついていたものが濡れた縄などではない、生きてうごめく蛇のようなものだということに気がついた。

このたび走った悪寒は、本能的な厭わしさだった。そしてそれが蛇などではない、ぬめぬめと身を揺らめかす、表面にぼこぼこと不規則な隆起を持つ突起のある触手であることがわかって、怖気は増した。

「っ、あ……、っ、……、っ、……!」

それは腕を伝い、破れた袍の中に入ってきた。振りほどきたくても拘束された腕はそのままで、どこからやってくるのか、増えた触手が体をすべって、敏感な肌に触れてくる。

「いぅ、……、っ、……、っ、……」

(歐、芳……)

その名が、屈辱に耐えるよすがになった。そのようなこと、自分でも信じられない。それでもなぜか、彼の顔を思い浮かべることで辛さが少し和らぐのだ。

「いいのう、その顔」

満足げに、女蠕がつぶやいた。

「もっと、見せや……そなたが悦ぶところを、もっと」

「なに、を……悦ん、で……、ッ、……」

雪凜は、懸命に平静を装った。しかし声が乱れてしまう。肌をぬめらせながら進む触手は、じゅくりと雪凜の胸もとをすべる。敏感な部分を擦られて呻きが洩れた。

女が、くつくつと笑った。

「ほら、悦んでいるではないか。そのように声をあげて、な」

「ち、が……う、……、っ、……！」

しかしその声は震えていて、女蠕の歓喜を増すばかりだ。両の胸の尖りに、触手が這う。太い一本からわかれた複数の細い触手は、指のように動いた。

きゅっと抓まれて軽く引かれ、するとつま先にまで刺激が流れ込む。ひくっと反応した腰に、新たに現れた触手が巻きついた。

「ん、……、っ、……く……、……」

下肢には、褌子をまとっているはずだ。しかしねとねととした感覚が、肌に伝わってくる。下肢を捩ると、どろりとしたものが内腿《うちもも》を流れ落ちた。

「ひ、……ぅ、……、っ、……！」

「ほら、衣が溶けてゆく……」

うたうように、女蠕がつぶやいた。

「ふふ、その姿も麗しいな。そうやって、淫らなさまを見せているそなたも……」

首を締めあげていた女の手が、ほどける。それに呼吸が自由になり、はっと息をつくものの、身に絡みつく触手の感覚に新たな声をあげることになる。

「もっと、見せや」

女の言うがままになど、なりたくないのに。しかし今まで想像したこともない触手の動きに、知らぬうちに体が反応してしまう。声があがる。必死に噛み殺しても、呻く声をかき消すことができない。

「もっと……そなたの、麗しいところを」

「いや、……だ、……、ッ、……」

唇を噛むと、痛みが走った。それに少し奇妙な感覚が消えたと思ったのに、しかし口の端に溢れた生温いものを、触手が舐め取るように擦った。

その濡れた胴体には、不可解な成分でも含まれているのか。肌に擦りつけられたぬめりの痕が、むず痒《がゆ》い。引っ掻いてしまえば楽になるのか、しかし両手は拘束されたまま動けなかった。

「ほどけ……！」

雪凜は、叫んだ。

「私を、自由にしろ……っ」

「それは、ならぬな」

女蝃が笑う。笑いながら、言う。

「妾は、まだ満たされてはおらぬ……そなたが妾を満足させるのは、これからではないか」

「なに、を……、っ、……！」

力を振り絞って、雪凜は気丈に振る舞う。しかしこの不可思議な空間で、どこから現れるのかもわからない触手に嬲られ味わう屈辱は、ますます女蝃を喜ばせているようだ。

「ほら……もっと、声をあげよ。聞かせよ……妾を、楽しませろ」

「っ、……、ん、……、ん、んっ……！」

胸を這いずっていた触手が、腹の筋肉の形をなぞっていく。肌の隅々にまで痕を残していくような執拗な動きに、雪凜は震えさせられた。わななきを堪えてまた唇を噛み、溢れた生温かいものを、顔を寄せてきた女蟵が舐め取る。

「う、……、っ、……、っ、……」

触手以上にぬめぬめとした舌の、無気味な感触に思わず声があがった。それをも舌で味わおうというように、女はなおも舐めあげてくる。おぞましい感触に腰を引くと、それを触手がとらえた。ずるり、と双丘の間に、一本が挿り込んでくる。

「ひ、ぃ……、ぁ、……、ぁ、……！」

それは雪凜をもてあそぶように、何度か擦りあげただけでうねって逃げてしまう。しかしその残した体液が、肌に奇妙な感覚を残す。もどかしいむず痒さに変わる。

「っあ、あ……ああ、……、っ、……」

「よい声よな」

満足そうに、女蟵がつぶやいた。音を立てて、舐め取った血を飲み込む。

「やはり、いい味をしておる……思ったとおりだの」

女の笑い声が、低く響いた。それは敏感になった雪凜の肌をも震わせ、感じる神経が鋭く尖っていく。

「さて……そなたの、肉は……？」

「い、……、ぅ、……、っ、……！」

血を流した唇の傷を癒《い》やそうというのか、さらに拡げようというのか。触手が口もとに這ってきた。その表面がぼこぼこと波打っていること、血の匂いのような悪臭を放っていることに、顔をなぞられて気がついた。

嫌悪に、雪凜は呻いた。しかしそのようなことはお構いなしに、触手は雪凜の唇をなぞる。ぴちゃぴちゃと音を立てて唇をなぞり、いったんその身を跳ねさせると、先端が口の中に挿ってくる。

「ぐ、……、っ、あ……、っ……」

その気味悪さに、思わず嘔吐《えず》いた。それはじゅくりと歯の間を舐め、奥へとすべり込んだ。雪凜の舌をからめとり、唾液とその体液を混ぜ合わせる。

「ん、……く、……、っ、……、っ、……」

それは苦くて、あまりにも奇異な味だった。雪凜は強く眉をひそめたけれど、同時にそれが男の精の味であることに気がつく。

そう思うと、味にはますます嫌悪感が増した。触手は雪凜の口腔を這いまわり、不愉快な味をより濃くしていく。まるで男の欲望を突き込まれているような感覚は、流れ込んでいがらっぽく咽喉に絡みついた。

「う、く……っ、……っ、……く」

「艶めかしいぞ……、雪凜」

満たされた調子で、女蛸が呻いた。

「もっと……もっと、見せよ。そなたが、感じて悶えるさまをな……」

「か、ん……じて、など……、っ、……」

雪凜は声をあげようとしたけれど、しかし口腔を埋められているせいでうまく言葉にならない。それでも女を睨みつける目、抵抗しようと込める力は伝わっているようで、女蛸は目を細めて低い笑い声を紡ぐ。

「ほら、どうした？　もっと気概を見せぬか。感じておらぬのだろう？」

そう言って、なおも楽しげな笑いを隠さない。自分がどのような姿を見せているか、想像するだにおぞましく、雪凜は歯を食い縛ろうとする。しかし唇を再び触手が破って、彼の声を塞いでしまう。唇の端からはたらたらと唾液がこぼれ、咽喉を伝うのを触手が掬《すく》い取っていく。

「ふふ……、こちらを、このようにして」

「ぐ、う……、ッ、……、……っ……！」

女蛸の手が、触手が幾本も絡みついた雪凜の腰にすべった。その細い指は彼自身をとらえ、鋭い爪で引っ掻き、擦りあげる。

「くぁ……、ぁ、……っ、……っ……」

びりびりと、体中を走るものがあった。雪凜は大きく目を見開く。体の中を、どくどくと鼓動を打ちながら駆け抜けるものがあった。

「……っあ、あ……あ、あ……、っ、……！」

（歐……、芳……、……！）

自分の身のうちが、激しく燃えあがった。その熱さに耐える間もなく、なにかが放出される。鼓動を打ちながらすべてが出ていったあと、雪凜は激しく呼吸をしていた。

「く、は……ぁ……、っ、……、っ、……」

「これぞ、そなたの肉を美味く彩るもの」

荒い息を吐く雪凜の目は霞《かす》んで、うまく見えない。それでも女蝸の白く華奢な手にどろりとした白濁が絡みついているのがわかる。女はその手を持ちあげ、先がふたつにわかれた真っ赤な舌を出して、粘液を舐めた。

「……そなたの肉がどれほどの味か、想像できようもの」

その舌で、唇のまわりを舐めあげながら女蝸はつぶやく。

「これほどの、美味とはな。思っていたよりも、ずっとずっと……」

味わったものを堪能《たんのう》するかのような女の声は、触手よりもおぞましく雪凜の耳の中に入り込んでくる。それに大きく震えた。

そんな雪凜をさらに追い立てようというのか、触手が萎《な》えた欲に絡みついてくる。追いかけるように幾本もが雪凜を求め、腰から全身に、震える感覚が迫りあがってきた。

「い、っ、……あ、あ……、っ、……」

「おや、再び見せてくれるか」

女蛸が、楽しげに言った。音楽のようになめらかな声は、しかしそれがうつくしいからこそおぞましく耳に忍び込み、雪凜を震えさせた。

「おまえの蜜を、味わわせてくれるか？　このうえもなく美味な、あの白い蜜を……」

「す、るか……っ、……！」

雪凜は声をあげた。自分が、この気味悪い触手と女の舌で高められ、放ってしまったなどとは信じたくなかった。しかしそれを忘れさせまいというように、女は先がふたつにわかれた赤い舌を見せつける。ぼこぼことした表皮を持つ触手は雪凜の欲望を這いまわり、その感覚は気味悪いと思うのに、自分の熱が再び高まっていくのが感じられる。

「ほら、また大きくなって……」

「ひ、ぅ……、っ、……、っ……！」

「熱を孕《はら》みだしたぞえ？　妾を、楽しませてくりゃれ」

「い……、ぅ、……、っ、……」

唇を噛んで堪えようにも、余すところなく肌に触手が這い、むず痒い体液を塗りつけられている。少し身動きしただけでその感覚はたまらないのに、女の指が繰り返し自身を擦りあげ、高めようとする動きが耐えがたい。

「ん、く……、っ……っ……」

腰の奥が、大きく跳ねる。どくりと湧き出した淫液を、女が舐めた。彼女の舌には細い触手が追うように絡み、幾本ものそれが、雪凜の吐いた蜜を味わっている。

そのあまりにもおぞましい光景に、吐き気がした。それでも体はじんじんと熱を持ち、まるでさらなる刺激を求めているかのようなのだ。

「やめ、ろ……、っ、……」

低い声で、雪凜は呻いた。

「こ、のような……私を、解放しろ……！」

「それで、いいのかえ？」

女は、目をすがめて雪凜を見た。

「おまえの体は、もうとらえられているのに……？　この者たちの与える快感から、逃げられなくなっているというのに……?」

「な、にを……!」

かっと頭に血がのぼった。それは怒りではなく、羞恥だった。そんな雪凜の心のうちを読み取ったかのように、女蝋は笑う。彼女の細い指が伸びて、雪凜の唇をなぞる。その手を追いかけた細い触手が束ねられて一本になり、雪凜の口腔にぬるりと挿り込む。

「ん、……く、……っ、……、っ、……!」

濡れた感覚の心地悪さ、流れ込んでくる液体の苦さ、そしてうごめく感覚のおぞましさに、雪凜は声を洩らす。しかし口を塞がれているせいで、うまく言葉を綴《つづ》ることはできない。

「……んや、……、っ、……、っ……!」

ああ、と胸の奥で、雪凜は息をつく。歐芳の名を、繰り返す。今となっては彼のことばかりが心のよすがで、彼の名を、姿を思い浮かべては縋るということを繰り返している。

「う、く……、ん、……、っ、……ん!」

「もっと、もっとじゃ……」

貪欲に求める女蝋の声に、体の反応は引きずられる。触手に自由を拘束されて、身動きもままならずに吊り下げられて。そうやって嬲られる体は、雪凜の意志とは関係なく快楽を得て、悦び、うねり、そしてまた自身が放ったことに気づく。

「ふふ……」

雪凜の蜜を舐めたがるのは女蝋だけではない。触手もまたそれを求めて、下肢に集まる。ぬるぬると柔らかいものに包まれて、雪凜の男は如実な反応を示す。しかし雪凜自身はそれをたまらなく嫌悪していて、悪寒が迫りあがり体がどうしようもない寒気に苛まれた、そのとき。

「あ、あ……、っ、……ああ、あ！」

女蝋の姿が、消えていく。同時に触手もなくなって、雪凜は固いものの上に転がり落ちるように突っ伏した。

「は、っ、……、っ、……っ、……！」

雪凜は、何度も激しく息をした。ぜいぜいと、今まで奪われていたぶんを取り返すように呼吸をして、やっと落ち着いたとき。

「……ここ、は……？」

まわりは、一面の岩壁だった。雪凜は岩洞の中にいて、衣ひとつで座り込んでいる。あたりには細い光が微かに差し込んでくるだけで、視界もおぼつかない。雪凜は、とっさに自分の衣服を確かめた。

先ほど触手に溶かされた衣装は、今はきちんとまとっている。それでは先ほどのことは夢だったのかと思うと、しかし肌に塗りつけられたような粘液はおぞましいまでにまとわりついていて、心地が悪い。雪凜は袍の袂《たもと》をたくしあげ、腕を懸命に拭《ふ》いたけれど、しかしべたべたしたものは取れなかった。

「な、んなん……だ……、いったい、……っ……！」

苛立ち紛れ、恐怖半分に雪凜は独りごちた。なおも腕を擦ったけれど、やはり不快な感覚からは逃れられず、雪凜は病的なまでに、繰り返し腕に布を擦りつけた。

薄暗い岩壁に囲まれた場所に、視線を巡らせた。このような場所には心当たりはない。それ以上にここは、人間の立ち入るべき場所ではないと感じた。ならば、あの女蜡の領域なのだろう。女蜡はなおも雪凜を閉じ込め、いったいなにをしようというのか。

「私は、……、どこに」

洩らした声は、うわんと広がってこだまする。その響きにぞくりとしながら、雪凜はそっと、立ちあがった。

地面は、すべりやすいものでできている。一面に、苔《こけ》でも生えているのだろう。そのねとついた感覚にも嫌悪を誘われながら、雪凜は少しずつ歩いた。

しかし、行けども行けども岩ばかり、微かな光はどこから差し込んでくるのか、その源がいっこうに見えない。

（ここは……本当に、女蝶の領地なのだろうか）

絶望的な思いとともに、雪凜は歩いた。

（神の力だ……どこ知れぬ地、遠い遠い地に飛ばされていても、おかしくはない……）

その考えに、雪凜の目の前は真っ暗になった。足が崩れて、よろめいてしまう。それでも懸命に先に進み、足が痛み息があがり、これ以上の一歩を踏み出すのは苦しいと感じたとき。

「……あ？」

目指していた光が、濃くなった。雪凜の胸の奥に、希望の灯《あか》りがともる。雪凜は足を速め、ひときわ光が大きくなったとき。

「あ……、っ、……？」

人影が見えた。雪凜は思わず駆けた。歩き続けた足がずきっと痛んだけれど、構っている場合ではなかった。

「な、に……、っ……！」

光の中には、人影があった。よもや、女蝶――雪凜の足は止まり、すると人影のほうからこちらにやってくる。

「……歐芳？」

そこに立っていたのは、歐芳だった。薄汚れた白の袍をまとっている。それは見慣れた歐芳の姿だったのに、雪凜はぎょっとして身を反らせた。

「な、んだ……、その、姿は」

「見苦しい姿をお見せしてしまい、申し訳ございません」

この異様な空間において、しかし歐芳を見間違えるはずはなかった。たとえどのように異様な姿をしていても、だ。

「ですが……、雪凜さまをお救いするのに、必要だったのです」

「私を……救う？」

この空間から、雪凜を助け出すということだろうか。まさに求めていた助けの手ではあるけれど、しかし歐芳に、なにが起こったというのか。

「その……、血。その、目は……？」

歐芳の白い衣は、血に汚れていた。その血は、歐芳の顔の右半分からしたたっている。うまく光が当たっていなくて、彼の様子がよく見えない。雪凜は歐芳に歩み寄り、漂う濃い鉄の匂いに顔をしかめる。

「我らが神に、願いごとをしたのです」

「願いごと……？」

わけのわからない雪凜に、言い聞かせるようにゆっくりと歐芳は言った。

「ここは、羿桾の、世界の中」

はっ、と雪凜は顔をあげた。

「あなたは、体ごと羿桾の世界に取り込まれてしまったのです。私は、あなたを捜して……」

「羿桾……？」

羿桾は、玲蘭の妹だ。ともに生まれ、しかしすでに死し、それでもなお魂とだけなって現れては玲蘭を、まわりの者を苦しめる亡霊――。

「わ、たしは……女蛸にとらわれていたはずだが？」

「それは、羿桾が見せた、束の間の幻」

雪凜は、歐芳に近づく。その右目の部分は空洞になっている。血は、そこからひっきりなしに溢れてくるのだ。

「雪凜さまは、羿桾の放った罠《わな》の中に落ち込まれていた……しかし救う術《すべ》がなく、手をこまねいておりました」

歐芳の顔を、手でなぞる。雪凜の白い手はたちまちに血に汚れ、その手首を歐芳が取った。その手の温もり、力の強さにどきりとする。

そんな雪凜を、歐芳はじっと、片方だけの目で見つめている。

「雪凜さまもご存じのとおり、女蝸はなによりも人肉を好む女神。肉を捧げれば、その願いはなんでも叶えられると……」

「……おまえ」

雪凜にも、状況が見えてきた。雪凜を襲ったあの女は、女蝸を装った羿桾だったのだ。雪凜の見せた、少しの隙《すき》につけ込んできたに違いない。雪凜はまんまとそれに騙《だま》され、あの奇妙な世界に誘い込まれてしまったのだ。

「私は、雪凜さまがこちらの世界に戻ってこられることを、願いました」

歐芳は、じっと雪凜を見つめてくる。しかしその目はひとつしかなくて、右は今では血まみれの洞になってしまった。

失われた色を、雪凜は知っている。深く、吸い込まれそうな黒だ。それが永遠に失われてしまったのかと思うと、胸に突き刺さる痛みがある。

「おまえは、目を捧げたというのか」

「はい」

「私のために……？」

それには応えず、歐芳は手を伸ばしてくる。その手も血まみれだったけれど、雪凜は抵抗せずに彼の腕に応えた。

抱きしめられる、くちづけられる。それがなぜかひどく慕わしいものに感じられて、雪凜は血の匂いのする歐芳の体に身を擦りつけた。

「汚れます……」

「構わない」

雪凜は、歐芳を抱きしめた。確かに濃い血の匂いが自分の体にも移ったけれど、気にならなかった。それよりも、彼の忠心を感じたかった。

しかしすぐに、腕をほどく。正面から、歐芳を見た。

「私は……、それほど、まずい状況にあったのか」

「雪凜さまは、魂の痕跡《こんせき》だけを残して消えておいででした。どこを捜してもお姿はなく……ただ、感じられるのは魂のあとばかり」

雪凜は、どことも知れぬ場所で『女蟖』に囚われ、嬲られていた。あの姿を歐芳は見たのだろうか。

「魂と肉体が長いまま離れていると、再び融合するのが難しくなります。あと少しで、危ないところでした」

「そうか……」

自分でも、想像するだにおぞましい姿。あの姿を歐芳は知らないことを祈りながら、ゆっくりと雪凜は言った。

「私の魂のあとを辿って、ここにきたのか」

「はい」

「魂のあとなど、常人には辿れるようなものではないはず……おまえ、いかような技を使った」

歐芳は自らの、もうない右目に触れようとした。指についたものが血ばかりであることに驚いたようにもうひとつの目をみはり、そしてうなずいた。

「自分の目を捧げ、私を捜したと……？　ここは、どこだというのだ」

「羿桾の支配する、現《うつつ》ならざる場所。早く出なければ、我々は体のみならず、魂ごと羿桾の中に取り込まれてしまいます」

「羿桾の中に……魂ごと、取り込まれるとは……？」

歐芳は、雪凜の手を取る。ぎゅっと握ってきた手は痛いほどで、今の状況が油断のならないものであることがわかる。

「生の世界と、死の世界。その合間を、永遠に漂うこととなります」

「なぜ、おまえはそのようなことを知っている」

少し、眉をひそめて歐芳は言った。

「私は知らなかった。王子たる私が知らず、おまえが知っているとはどういうことだ……？」

「それは、私が目を捧げたからです」

なんでもないことのように、歐芳は繰り返す。

「女蝸に目を捧げたとたん、さまざまなことが私の中に流れ込んできました。そのうちのひとつが、生の世界と死の世界のことでした」

「死の世界……」

自分がそのようなところにいると思うと、ぞっとする。雪凜は思わずまわりを見まわし、ぞくりと身を這いあがるものを懸命に抑えた。

「そう、ここは、死の世界」

まるでうたうように、歐芳は言った。

「いつまでもいる場所ではありません……まいりましょう」

「どう、やって……」

足が、ずくずくと痛む。ここまで歩いてきた距離がどのくらいかはわからない、しかし相当な長さだったはずだ。これ以上歩くのは苦痛だ、と思い、同時に死の世界になどいつまでもいたくはないと考える。

「私の失った目が、教えてくれます。こちらへ……早く」

「歐芳……」

雪凜の手を、歐芳が取った。ぎゅっと摑まれて痛みを感じたけれど、その力にこの場所の危険を感じ取って、逆らうことはしなかった。

「まいりましょう」

歐芳に引っ張られて、雪凜は足早に歩き始める。さく、さくと、足もとから音がするのが気味悪い。いったい自分はなにを踏んでいるのか、考えたくもなかった。

「歐芳……」

心細さに、思わず彼の名を呼ぶ。その声が自分でも驚くほどに弱々しく、か細かったので、口を噤《つぐ》んだ。このような声をあげるのは自分らしくない。ましてや歐芳に聞かせていい口調ではないと、唇を嚙む。

「不安ですか、雪凜さま」

しかしそんな雪凜の言葉を聞き落とさなかったらしい歐芳は、歩みを進めながら言った。

雪凜は、沈黙を返事とした。

「ご懸念されることはありません。私がついておりますから」

「歐芳のくせに……」

苦し紛れに、雪凜は言った。

「私の心配をするなど、偉くなったものだな？」

「ただ、雪凜さまのお身を案じているのみにございます」

飄々《ひょうひょう》と歐芳は言う。まるで自分のすべてを見抜かれているような気がして、雪凜の頬が、かっと熱くなる。歐芳は前を向いているのでそれに気づいたわけはないけれど、それさえも知られているようで、恥ずかしさに雪凜の足は速くなった。

「なんだ……？」

にわかに、あたりの空気が濃くなる。どろりと肌に絡みついてくるようで、それは雪凜を襲った触手の感覚にも似て、新たな怖気が全身を走る。

「な、んだ……、これ、は……！」

あのときの記憶がおぞましく蘇《よみがえ》り、雪凜は足を止めてしまう。そんな彼の手を強く握り、歐芳も足を止めた。

「なんなんだ……、この、異様な空気は」

「わかりません……」

歐芳の言葉に、不安が渦巻く。彼はこの空間を知り尽くしている、だから雪凜の道案内をしてくれていると思っていたのに、歐芳にもわからないことがあるのだ。

「羿杮の、手のうちか……？」

「かもしれません。今は、まだなんとも……」

足を止めた歐芳に、雪凜も従う。ふたり強く手をつないだまま、あたりを見まわす。しかしまわりは闇《やみ》が蔓延《はびこ》るばかり。それが手を伸ばして襟もとからすべり込んでくるようで、雪凜はまた身震いした。

「あ……！」

ゆらり、と闇がうごめく。はっとして、雪凜は身を固くした。

「そなたら……」

低く響くのは、女の声だ。雪凜の胸が、どきりと鳴る――女蝸の、否、羿杮の声か。掠れた調子からその判別はできなくて、だからこそ不安はますます大きくなった。

「どこぞ、まいる」

「誰だ、おまえは……！」

息を呑みながら、雪凜は声をあげた。

「女蝸ではないのか……羿杮、か？」

「雪凜さま」

歐芳が、雪凜を遮る。その手が雪凜の口の上に置かれ、自分が言ってはいけないことを言ってしまったのだということに気づく。

「……羿裙、とな？」

女の声が、尖った。それは闇とともに雪凜を包み、体を芯からぞくりとさせた。

「妾を、羿裙と……誰の名じゃ、そは」

（羿裙では、ないのか……？）

女の声はそうであるようにも、違うようにも聞こえた。しかしこれ以上、よけいなことを言ってはいけない。雪凜は黙ったまま、ただ女の姿を闇の中から掬いあげようとした。

「妾は、女螢。それを、そなたは知っていたはずではなかったか……？」

「……っ、……！」

女の声が、ねとりとまとわりつく。雪凜はぶるりと身を震い、唇を噛んだ。そんな雪凜を庇《かば》うように、歐芳が前に立つ。

「女螢」

歐芳は、そう呼びかけた。すると女が、満足そうな息をつくのがわかる。

「我が君を、苦しめた罪……重いぞ」

「罪、となＬ

女蟷が、笑った。ばさり、と音がして、その姿が白く浮かびあがる。輝きを織り込んだ長い衣、白い手に、長い紅い爪。すべては記憶のとおりで、この女に身を貪《むさぼ》られた記憶がおぞましく胸に浮かんできた。

「妾は、そなたらの住まう国を造った、神ぞ」

疑いようのない口調で女蟷は言った。

「そに、罪を問うか？　妾に、人間なんぞの考えを当てはめるか？」

歐芳は、それに答えなかった。彼は胸もとに手をやり、なにかを取り出す。肘《ひじ》くらいまでの長さのそれが、鞘《さや》に包まれた短剣だということに雪凜は気がついた。

「……なんぞ」

女蟷の声が、震えた。その大きな黒い瞳が、歐芳の持っている短剣をとらえたことは間違いがなかった。それは神さえも恐れる逸物なのか。そう思うと雪凜にとっても恐ろしいものに感じられて、思わず息を呑む。

なにも言わずに、歐芳は鯉口《こいぐち》を切る。ちん、と金属の音がした。鞘の隙間からはまばゆい光が洩れて、女蟷を照らした。

「う、ぐ……、っ、……！」

女蛸が、声をあげる。その光に照らされて、その姿がはっきりと目に映る。先ほどは、見たことがないほどの美女だと思ったのに、明るい光に目に入った顔は、白い衣をまとわりつかせた髑髏《しゃれこうべ》だった。

「ひ、っ……！」

この空間にあって、その姿はあまりに無気味に映った。雪凜は息を呑み、一歩退く。すると足もとに踏みしめるものがなくなって、がくりと体が落ちる。その場に座り込んで落ちることからどうにか逃れ、その場の光景を見つめる。

「正体を現せ、羿棍」

呻き声をあげる女蛸――否、羿棍。彼女の悲痛な声など気にもしていない様子で、歐芳はつぶやく。鞘を抜き取るとさらに眩《まぶ》しい光が溢れ、輝いて、羿棍を照らした。

「ぐぁ、あ……っ、……、っ、……！」

がらがら、と乾いたものがぶつかり合う音がする。座り込んだまま、それがなにかと目をやった雪凜は、羿棍の体がくずおれて、たくさんの、さまざまの形をした骨があたりに散らばるのを見た。

「き、さ……ま、ぁ……、っ、……！」

今までの取り澄ました口調が嘘《うそ》のように、口汚く羿棍は罵《ののし》った。しかしその醜い姿にはふさわしい。

　光を浴びて、骨のひと山となった羿裙は、ふたりの目の前から姿を消した。ふい、と闇が、崩れるように消えていく。雪凜の目の前には、花舞う庭園があった。桃色の花びらが飛んできて、雪凜の頬に貼《は》りつく。

「ここ、は……」

「雪凜さまの、宮のお院子《にわ》です」

　短刀を鞘に戻しながら、歐芳は息をついた。

「これほどお近くに、おいでだったとは。しかし、あの結界」

　歐芳は懐に短刀を戻し、雪凜に手を差し伸べてくる。戸惑いながら雪凜はそれを取り、ぐいと引きあげられた。

　いつの間にか、闇は跡形もなくなっている。あたりは暖かな空気に満ちていて、そよぐ風が心地いい。花の香りが、雪凜を取り巻いた。

「なんだ……、その、短剣は」

　はっ、と息をつきながら、雪凜は言った。歐芳は、少し困ったような顔で視線を落とした。

「それも……おまえの、右目の代償か？　なにか、力を宿した刀なのだろうな……？」

「これは、洸赫《こうかく》といいます」

先ほどまでの禍々《まがまが》しい空気はどこへやら、あまりにも対照的な陽の光の中にあって、雪凛は戸惑っている。しかしそのような中で、右目に洞を飼った歐芳の姿はそのままで、彼の姿だけが今までの闇が本当だったのだと教えてくれる。

「闇を裂く剣……女蝪から、私はこれをいただきました」

「私を、助けるために？」

歐芳はうなずく。彼はまるで悪いことをしているかのようにまなざしを伏せていて、雪凛を苛立たせた。

「なにを……なぜ、そのような顔を、する」

その言葉に、歐芳はますます顔をあげられないようだ。雪凛は手を伸ばす。彼の頬にそっと触れ、すると歐芳は驚いたように雪凛を見た。

「おまえは、私のために働いたのではないのか？　その目は、私のために失ったのではないのか？」

「そ、う……です、が」

ためらいながら、歐芳は言った。

「……これは、私の勝手な行動です。私が、一方的にしたことです。雪凛さまが、お気に留めることではございません」

　歐芳をためらわせているのはそれなのか。雪凜は、いっそ笑い出したい感情に駆られ、それに従って声をあげた。

「せ、雪凜さま？」

「なにを、ためらう」

　笑いとともに、雪凜は言った。

「おまえが、私を思ってしたこと……それを、私が厭うと思うてか？　私が、腹を立てるとしたら……」

　雪凜の声は、ふいに緩んだ。自分はどのような表情をしていたのか、歐芳が不思議そうな顔をする。

「おまえが、私の知らないところで傷つくこと」

「雪凜さま？」

「私の知らないところで、おまえが死ぬこと」

　そう言いながら、雪凜の指は歐芳の頬を這う。そっと、右の洞の端に触れると、彼はびくりと肩を震わせた。

「痛むか？」

「痛みは、しません」

歐芳は、そっと首を横に振った。

「ただ……、違和感が、あるだけです」

「それを、痛むと言うのではないのか？」

「いえ……本当に、痛くはないのです」

それは本当なのだろう。しかし右目を神に捧げ、抉られた痕が痛まないはずはない。雪凜はつま先立ちになり、そっと唇を、その傷痕に押しつけた。

「せせ、雪凜さま！」

歐芳の慌てぶりが楽しかった。雪凜はくすくすと笑い、なおも音を立てて、そこにくちづける。

「いけません……死の穢れが、移ります」

「なにを言う」

左手の手首を摑まれて、雪凜は不満とともに唇を離した。

「死、とな？　おまえは、死んだとでもいうのか？」

「正しくは、死ではありませんが。しかしこの身を神に捧げ、人としては死んだも同然……事実、この右目は死にました」

「それが、なぜ穢れだ。神に捧げたのなら、神聖なものでありこそすれ……穢れなどと言っては、神に対する冒瀆《ぼうとく》なのではないか？」

「そ、れは……そうかもしれませんが」

歐芳が戸惑っている。いつもその蒼《あお》色の瞳を雪凜に送り、まなざしの強さを濁さない彼が、ためらっている。そのことがおかしくて、雪凜はまた笑った。

「それを……私のために使ったと。私は、そのことを誇っていいのではないか？」

「誇る……？」

ああ、と雪凜は答える。

「私のために、命を賭《と》す者がいると。そのことを……私は、自惚《うぬぼ》れていいのではないか？」

「雪凜さま……」

なおも迷うような歐芳の唇に己のそれを押しつけて、雪凜は彼に背を向けた。歐芳が、掠れた声で名を呼ぶのが聞こえ、思わずくすくすと笑ってしまう。

「雪凜さま……！」

「おまえは、私のものだ」

そうつぶやいた声は、歐芳に聞こえていただろうか。

「失った右目も……すべて、おまえは……私のものだ」

歐芳が、呼び止めるように声をかけてきたけれど、雪凜は振り向かなかった。そのまま院子を過《よ》ぎって歩き、その唇には笑みが浮かんでいることに、自分でも気づいていた。

第四章　死霊の行方

宮廷の餐房《さんぼう》では、王家の晩餐が執り行われている。

円卓を囲んでいるのは、女帝とその弟たち。静かな晩餐は、粛々と進んでいく。

李燕の目の前の皿に盛られたのは、松鼠魚《チョンシューユー》だ。桂花魚を丸揚げにし、甘酢あんをかけた料理は李燕の好物で、思わず顔をほころばせながら箸《はし》を伸ばした。

そんな李燕の箸の先に、目をやったのは雪凛だった。彼は弟を見て、からかうように唇の端を持ちあげた。

「相変わらずだな」

「……好きなんです」

唇を尖らせて李燕は言い、雪凛が笑った。そんな弟たちを見ていた玲蘭も笑って、広い餐房は、きょうだいの笑い声に包まれた。

「兄上は、相変わらず甘いものですね」

「……好きなんだ」

そう言って、雪凜は目を見開いた。李燕は思わず噴き出して、きょうだいの笑い声はますます大きくなる。

雪凜が皿に載せていたのは、響玲陽腿夾《ヒョンレイフォートイガップ》だ。はちみつを塗って蒸した豚腿肉を、海老入りの揚げ湯葉で挟んだ一品で、光沢を出しているはちみつが雪凜の唇を濡らし、光っているのが艶めかしい。

「そなたらは、仲がいいのぅ」

目を細めた玲蘭が、言った。

「歳を重ねてもそのように仲睦《なかむつ》まじくあるには、どのようにときを重ねればいいのかの」

「姉上……陛下とだって、仲がいいではありませんか」

慌てて、李燕は言った。

「私は、陛下をお慕いしております。兄上以上に、姉上のことが好きです！」

「嬉《うれ》しいことを言ってくりゃる」

そう言って、玲蘭はくすくすと笑った。そんな彼女の前には京焼羊肉《ギンシウヨンヨッ》を切りわけたものが置いてあるが、あまり箸をつけているようには見えない。羊の腹肉をさまざまな香辛料に漬け込み、時間をかけて蒸して揚げたものだ。

「姉上、食が進みませんか？」

李燕が尋ねると、玲蘭は微笑んだ。その顔には常に影が射しているようだけれど、今はその影がなお濃いように思える。

「お加減がお悪いですか？」

「なにか、もっと軽いものを持ってこさせましょうか」

弟ふたりの言葉に、玲蘭は笑みを濃くした。彼女は手を伸ばす。指飾りが、きらりと煌《きら》めいた。

「……では」

ぞくり、と背に走る冷たいものを感じる。李燕は驚いて、大きく目を見開いた。

「そなたの眼をもらおうか！」

「あ、姉上⁉」

がたん、と音を立てて、李燕は倚子《いす》から立ちあがった。しかし玲蘭のほうが早い。衣の裾を翻し、踵《かかと》の高い靴をものともせずに、李燕のもとへと駆け寄ってくる。

「陛下！」

近侍の兵たちが反応するよりも、早かった。玲蘭の尖った爪が、李燕の頬に食い込む。ぎりっと引っ掻かれて、血が流れ落ちた。

「李燕さま！」

玲蘭の目が、燃えている。彼女は確かに正気ではなくて、李燕を震えあがらせた。

「あ、ね……、うえ、……、っ……」

けたたましい玲蘭の笑声が響く。頬を掻かれた痛みが伝わってくるのと同時に、空《くう》を裂く男の声があった。

「滅！」

慧敏だ。彼は腕力で玲蘭を李燕から引き剝《は》がし、印を結んで声をあげる。その声に大きく身をわななかせた玲蘭はあたりを引き裂くような悲鳴をあげ、李燕の頬に痕を残しながら、その場に倒れ伏した。

近侍たちが玲蘭を抱きあげる。その目はかっと見開かれ、紅い唇は震えている。

「羿桾……！」

誰ともなく、そうつぶやいた。李燕は、瞠目して姉を見る。

「羿桾は……滅びたんじゃなかったのか。歐芳が、斬ったんじゃなかったのか」

「そのはずです」

李燕は振り返り、手に短刀を握った歐芳を見る。彼の右目には黒い眼帯がかけられている。その眼の代償に彼は剣を手に入れ、羿桾を破滅させたのではなかったのか。

「なのに、いまだあのように……」

歐芳が、悔しげに唇を嚙んだ。その左腕には雪凜を抱いている。彼を庇う恰好で、すぐにでも短刀を抜ける体勢を整えている。

玲蘭の中に宿った羿桾は、しばし息をひそめているようだ。しかしいつまた目を覚ますかわからない。餐房には、奇妙な緊張感が漂った。

「あ……、う、……、っ！」

ひくり、と玲蘭がうごめく。声をあげる。その場の者は皆が瞠目し、さっと手をかざしたのは慧敏だった。

彼は差し伸べた手を、玲蘭の目もとに置いた。仮にも女王を相手に許されることではないけれど、今は常のときではない。そして取り憑いた羿桾を一時的にとはいえ抑えられるのは、慧敏だけなのだ。

慧敏は、なにごとかを口の中でつぶやいた。おそらく呪の類《たぐ》いだろう。それが聞こえたのは玲蘭だけであるはずで、どのような効果のある呪なのだろうか。それを想像して、李燕はぶるりと震えた。

あたりは、しんと静かだ。しかしそれは触れれば壊れてしまう沈黙で、わななきさえも許されないように感じて、李燕は息もできなかった。

「……あ、っ！」

思わず、声をあげた。近侍の腕の中にあった玲蘭が、かっと目を見開いたのだ。その瞳は紅く染まっていて、まるで血の色のようだった。

鍛え抜かれているはずの近侍たちが、反応する間もなかった。玲蘭――否、羿裙は素早く身を翻し、床に足をつく。長い衣の裾をものともせずに、李燕の前に舞い降りた。

「そなたの、眼を寄越せ！」

「うぁ……、あ、あ……！」

それほどに素早い羿裙の動きだ、李燕には逃げる隙などなかった。その場に尻餅《しりもち》をついてしまい、そこに羿裙が襲いかかる。

とっさに李燕は、目を瞑った。この場において取るべき行為でないことはわかっているけれど、寸刻のことでどうしようもなかった。

李燕の瞼《まぶた》に、玲蘭の長い爪がかかる。表面を引っ掻かれる。その鋭い痛みに李燕が悲鳴をあげる前に、太い恫喝《どうかつ》が響き渡った。

「俺を、喰らえ！」

慧敏の声だ。李燕は、はっと目を見開いた。呪の形に印を組み、玲蘭の体を支配する羿裙を押さえ込もうとしているらしい。しかし自らを喰らえとは、どういう意味なのだろうか。

「女媧！」

続けて、慧敏は叫んだ。人肉を好むという、壽国の祖だ。この場に女媧を召喚するというのか。李燕を襲おうとしていた羿桾はその目に慧敏の姿をとらえ、彼がどう出るか警戒しているようだ。

「女媧！　降臨せよ、女媧！」

その場が、ざわりとする。いくら慧敏が優秀な術士だとしても、国の祖たる神を呼ぶことなどできるのか。女媧は、慧敏の呼びかけに応えて降りてくるのか。

「我が願い、叶えよ！」

李燕は、大きく息を呑んだ。瞠目した。それは李燕だけではなかった。あたりの空気が、少しずつ濁っていく。まるで墨でも流したかのように視界が利かなくなり、まばたきをする間に、目の前にはひとりの女が立っていた。

艶やかな長い黒髪。雪のような肌。紫の瞳、白い衣。李燕はとっさに、壁の掛け軸を見た。そこに描かれている女媧が抜け出したかのようだ。しかし絵は確かにそこにあり、視線を動かすと人の輪の中に立っている女媧がいるのだ。

羿桾は、動かなかった。さすがの死霊も、祖たる神を前にしては、声も出せないらしい。

『妾を呼び出ししは、どの奴《やつ》か』

腹の奥まで響くような声で、女蟖が言った。紅い唇が動く。

『身を捧げると言いしは、どの奴か』

「俺だ」

慧敏が、声をあげた。

「俺が、おまえに我が身を捧げる」

『して、そなたの望みは』

女蟖は、くつくつと笑う。己を召喚する者が、大きな望みを以てそうするのだということを知り抜いているのだ。

『妾に、なにを求めるのかや？』

「陛下に取り憑きし魂の、永遠の消滅を！」

がぁぁ、と威嚇《いかく》のような声がした。羿裙だ。まるで動物のように口を開いて吠《ほ》えている姿は、とても人間のものだとは思えない。ましてやその姿は、麗しき壽国の女帝・玲蘭のものなのだ。おぞましさは増した。

『容易きこと』

女蟖は、楽しいことを聞いたとでもいうように、慧敏に言った。慧敏は素早くひざまずき、言葉を続けた。

「それでは、私の体……代償として、どこでもお好きなところをお持ちください」

『ふむ』

腕組みをした女蝪は、じっと慧敏を見た。品よく小さな唇に、紅い舌が這う。その姿に、彼女は確かに人肉を食すを好む、暴なる神であることが見て取れる。

にかり、とその唇の端が持ちあがる。紅い唇が上下に裂けて、白い牙《きば》が顔を覗かせた。それは喰いついたものを決して離さない鋭さを輝かせていて、見る者をぞくりとさせる。

『では、その腕を喰らおうか』

体の奥にまで響き渡るような声で、女蝪が言った。

『おまえの、呪を結ぶ手を、腕を。あれほどの呪を操ることができるのなら、さぞかし美味であろ』

「慧敏……！」

李燕は思わず声をあげた。慧敏は、女蝪に腕を捧げるだろう。羿裙を封じるためには、なんでもするだろう。それほどに彼は忠誠に足る人物で、それゆえに己の身を危険に投じることも厭わないのだ。

そう思った李燕の考えどおり、慧敏は両腕を差し出した。目の前に捧げられた慧敏の腕に、女蟒は目を細めた。紫色の瞳が、きらりと光る。

『ためらいもせず、か。……よい心がけよの』

言葉どおりに感心した様子を見せて、女蟒は一歩、慧敏に歩み寄る。慧敏は神を前にしているという緊張も畏れも見せず、ただじっと女蟒に視線を注ぎ、すでに覚悟は決めているというようだ。

（……、慧敏……！）

彼を止めようか。李燕は迷った。しかしほかに羿棍を封じる方法はないのだ。女蟒の力を借りて羿棍をあの世に送ってしまわなくては、玲蘭はいつまで経っても苦しむ。今はそのための、絶好の機会なのだから。

「あ……、……！」

女蟒が、かっと大きく口を開ける。その、したたるほどにうつくしい容姿が、まるで獲物を捕まえた蛇のようになった。ぞくり、と李燕の背に冷たいものが走る。今の女蟒の獲物といえば、慧敏にほかならないのだから。

『覚悟しやれ』

そう叫んで、女蟒は大きく口を開いた。慧敏の右腕に喰らいつく。慧敏が、きゅっと唇を噛む。その端から流れた血の色は、しかしあたりを染め抜くかのようにあがった血飛沫《ちしぶき》

の前に塗り潰《つぶ》されてしまう。

「慧敏！」

李燕は、思わず声をあげた。凄《すさ》まじいまでの血煙に、視界が遮られる。慧敏の低い呻き声が聞こえたような気がしたけれど、それもあたりの驚きの声にかき消されてしまう。

「……けい、び……ん、……？」

どのくらいの時間が経っただろう。ほんの一瞬だったような気もするし、長い長い時間が経ったような気もする。李燕は、ゆっくりと目を開けた。いつの間にか自分が目を瞑っていたことに、気がつかなかった。

「ひ……、っ、……！」

目の前には、大きく顔を歪めた慧敏がいる。顔には点々と血が飛んでいて、その形相を恐ろしく見せている。しかし本当に恐ろしいのは、彼の表情ではなかった。

「けい……び、ん……、っ……！」

彼の右の袖は、引きちぎれていた。右の肩からはぼたぼたと血が落ちていて、慧敏の足もとの床には真っ赤な池ができていた。

李燕は、はっと視線を動かす。血の痕を辿っていくと、そこには白い衣を真っ赤に汚した女がいる。その口には長いものをくわえていて、それからもまた、きりがないかのように血がしたたっていた。

大きく目を見開いて、李燕はそのさまを見た。女――女蟵がくわえているのは慧敏の右の腕にほかならず、それは彼の望みが叶えられるということだ。

女蟵は、慧敏の腕を手に取った。血に染まった唇を開き、女蟵が肉に食いつくさまから、李燕はとっさに目を逸らせる。

「……っ、……、っ、……」

ばり、ばり、と音がする。ぐちゃ、ぐちゃ、と音がする。それがなんの音であるか、李燕は顔を背けて懸命に考えないようにした。

『そなたの願い、いかようにも叶えよう』

真っ赤な口のまわりを、長い舌で舐めながら女蟵は言った。

『聞かせろ、そこな術士。そなたは、なにを望むと申したかや？』

その声は涼やかな女のものなのに、まるで轟《とどろ》く稲妻のように響いた。まわりの近侍たちの中には、腰を抜かした者もいる。李燕は、なおも瞠目しながらそれを聞いていた。

「……羿棍に、真実の死を」

呻くように、慧敏は言った。それは彼らしくもなく少し掠れた声だったけれど、しんと静まりかえった餐房には、耳が痛くなるほどに響いた。

『承知』

なおも味を惜しむかのように、女蝪は口のまわりを舐めた。その赤い舌が、蛇のようだ。

気味の悪い思いで李燕は眉をひそめ、次に起こったことに、大きく目を剝いた。

「姉上……！」

近侍に抱えられた、玲蘭の体が大きく跳ねる。近侍の複数の腕でも彼女を押さえきれず、

彼女は床に転がり落ちた。

「陛下！」

「姉上……！」

床の上で呻く女王を止められる者は、誰もいなかった。その苦しみかたは凄まじく、見ているだけでも痛々しく、同時におぞましい苦悶でもあった。

ひとしきり、玲蘭は身悶えた。女のものとは思えない叫び声が響き、とっさに李燕が耳を塞いだとき、その叫び声がやんだ。

「……へい、か……？」

床に伏せている玲蘭が、ゆっくりと起きあがった。髪飾りは落ち、ざんばらになった髪が広がり、衣も乱れ、とても女帝などとは言えないようなさまの中、体を起こした玲蘭はやはりうつくしかった。

「ね、え……さま……」

髪乱れ衣もきちんとまとわず、その中にあって、玲蘭は今までにない目を惹《ひ》くうつくしさを惜しげもなく晒《さら》し、その場の者たちを瞠目させた。

「なんぞ、……あったか」

掠れた声で、玲蘭は言った。その声は、今まで聞いたことのない口調で李燕は、はっとした。

「その者たち……なぜ、そのような顔を？」

「姉上……！」

李燕は、玲蘭に飛びついた。いきなり抱きつかれて玲蘭は驚いたようだったけれど、弟の体に腕をまわし、ゆるやかに抱きしめた。

「あね、うえ……？」

「今までは、まるで……霧がかかっていたかのようだった」

李燕を抱きしめたまま、独りごつように玲蘭は言った。

「なにがあったのだ……、私は……なぜ、このような恰好を……？」

「姉上！」

姉に縋りついて、李燕は泣いた。その涙の意味がわかっているのかいないのか、玲蘭は鷹揚な仕草で李燕を抱き、撫でながらあたりの様子を窺っているかのようだった。

しかしその目は、怯えてはいない。冷静に自分の置かれた状況を判断し、この先どうするべきか、判断をしているというようだった。

その冷静さも、また女帝としてふさわしいものだった。身なりよりも自分の状況を冷静に見ることのできる目。

「あね、うえ……？」

やがて玲蘭は立ちあがった。李燕は、彼女の姿を追う。その物腰、視線の先、手の動かしかた、すべてが今までの玲蘭とは違うように感じられる。

すなわちそれは、取り憑いた羿裙の呪詛《じゅそ》から解き放たれたということであり、彼女はもう自由であることを示しているのだと、李燕は感じた。

玲蘭は、かたわらを見やった。その視線の先には、右腕を引きちぎられなおもぽたぽたと血を流している慧敏がいて、玲蘭は彼をじっと見やった。

慧敏も、畏れることを忘れたかのように玲蘭を見つめている。ふたりはしばらく視線をぶつけ合い、そして玲蘭はふわりと、乱れた衣を翻した。

「ゆくぞ」

「陛下……！」

　玲蘭は、淡々とそう言って餐房を辞した。残ったのは濃い血の匂い、床にぶちまけられた食べものの匂い。そして玲蘭の後ろ姿を、痛みに歪んだ顔をした慧敏を、残された者は見た。

「……は、っ！」

　しばしその場の空気に呑まれていた李燕だったけれど、勢いよく顔をあげる。そして慧敏のそばへと駆け寄った。

「慧敏……、大丈夫⁉」

「あなたはこれが、大丈夫に見えますか」

　彼の口調は、相変わらずだった。しかしその間に、微かに歪んだ色があるのに気づかないわけにはいかなかった。その痛みを少しでもわけあいたくて、李燕は叫んだ。

「……医師を！」

　李燕が言うまでもない、青の衣をまとった宮廷医が、こちらに案内されてくるところだった。

「慧敏……、ちゃんと診てもらって」

　目をすがめて、慧敏はうなずいた。彼がそのように素直な態度を見せるのは珍しい。それほど腕が痛む——当然だろう、なにしろ食いちぎられたのだから。それを考えるだけで、ぞっとする。

医師をはじめとする何人もの男に付き添われて、餐房を出ていく慧敏を見つめながら、李燕はへたへたと床に座り込んでしまった。そのかたわらに膝をついたのは、雪凜だ。

「兄上……」

「あの者は、大した男ではないか」

「……ええ」

「己が主《あるじ》のために、ああまで体を投げ出せるとはな。かわいがってやれよ」

「はい」

うなずく李燕の肩に、雪凜が手を置いた。それに勇気を得たような気がして、李燕はその上に、自分の手を置いた。

第五章　彼らの望み

女帝の煩累《はんるい》であり、双子の姉の亡霊だった羿裙《げいくん》は、滅ぼされた。

死んでなお、女帝の中で生き続けた亡霊が、完全に滅せられたことを示したのは、なによりも女帝自身だった。

もとよりうつくしい女性ではあった。しかし今の彼女は、その黒い瞳《ひとみ》には精気が満ち、肌は白く輝き、長い黒髪も艶々《つやつや》と眩《まぶ》しいほどに輝いている。

まさに女帝と呼ぶにふさわしい玉座の姿に、李燕《りえん》は見惚《みほ》れた。顔をあげることを許され、金襴《きんらん》に身を包んだ姉のさまから目が離せなかった李燕は、低い笑い声に、はっとした。

「陛下に対して、無礼であろう？」

「あ、……は、い……っ！」

李燕に声をかけたのは、隣に膝《ひざ》をついている雪凜《せつりん》だった。彼は唇の端を持ちあげて微笑《ほほえ》んでいて、笑われたのだと気がついた李燕は、恥じらいに下を向いた。

「まぁ、よい。雪凜」

薄く笑いながら、女帝──玲蘭《れいらん》は言った。その赤く塗られた唇がゆるやかに持ちあがるのに、李燕はまた見とれる。

「我《われ》も、晴れ晴れとしておる……文字どおり、憑《つ》きものが落ちたように、な」

そう言って、玲蘭は笑う。その笑い声は鈴を転がすようで、李燕の耳にも爽《さわ》やかに明るく、伝わってきた。

「我が生まれしときから、我とともにあった姉……羿君の魂を葬り去りしにおいて、多くを努めし者、労をねぎらわねばなるまいな」

玉座の上の玲蘭は、その輝く瞳を動かした。それは居並ぶ臣たちの上を走り、少し失望したかのように細められた。

「李燕」

「は、い……!」

玉座の上から話しかけられることは、めったにない。李燕はぴしりと背を伸ばし、女帝の言葉に応《こた》えた。

「あれは、どこじゃ」

「あれ、とは」

「そなたの従者じゃ。慧敏《けいびん》といったかの」

　慧敏は、宮廷の中では無冠である。李燕の従者であるということで出入りを許されているけれど、謁見の間に足を踏み入れる資格はない。今は階下の房室に控えているはずだ。

「あれを、ここへ」

　その場がざわめいた。無冠の、しかもどこから来たかもしれない外国人を謁見の間に呼び出すなど、尋常ではない。李燕と雪凜はその理由を知っているけれど、羿棍を封じるきっかけになったあのできごとを、あの場になかった者は知らないのだから無理もない。

「雪凜」

「はい」

「そなたの従者も、労した者であったな。呼ぶがよい」

「……は、い……」

　さすがの雪凜も、戸惑っているようだ。歐芳《おうほう》は壽国人《じゅこくじん》ではあるが、奴隷である。慧敏以上に、謁見の間に招き入れられるにはあまりにも身分が足りなすぎた。

「どうした。早ぅこの場に連れてまいれ」

　李燕の戸惑いは、臣下たちの戸惑いでもあった。しかし女帝の命に逆らうわけにはいかない。やがて歐芳と、そして慧敏が現れる。歐芳はその右目を黒い眼帯で覆っており、慧敏の右腕は、袖だけがひらひらとしている。それぞれが、羿裙の魂を葬り去るために犠牲にしたものを示していた。

「苦しゅうない。席を取れ」

歐芳と慧敏は、微《かす》かな緊張を滲《にじ》ませていた。歐芳のことはよく知らないけれど、慧敏がそのような表情を見せるなど実に珍しいことだ。さすがの慧敏も、このような正式な場で女帝を前にするのは、緊張することなのだろう。

「どうした、座れ。そのような遠くでは、話をすることもできぬではないか」

「は……」

慧敏は歐芳と目を見合わせて、微かにうなずき合った。侍従の導くままに座ったところは、直答を許される特別な席だ。そのような場に奴隷や、使節でもない外国人が座ることなど、今までの壽国の歴史にはなかっただろう。

「……そなたたち」

深く頭を下げている慧敏と歐芳に、女帝は鷹揚《おうよう》に声をかけた。手にした扇で、ふたりを差す。

「我のために、力を尽くしたと聞いておる」

慧敏はなにも言わず、さらに深く頭《こうべ》を垂れた。歐芳はさらに低く這《は》いつくばっていて、この国の民における女帝の重みを感じさせた。

「苦労であったな。目は痛まぬのかえ？　腕は？」

ふたりは微かに肩を震わせただけで、なにも答えなかった。玲蘭は目をすがめて、扇で手のひらを打った。

「直答を許す」

「……畏《おそ》れ多くも」

やや掠《かす》れた声でそう言ったのは、慧敏だった。彼は頭を下げたまま、低い声でつぶやいた。

「多少のことはあれど、私が……私たちをねぎらっていただくなど、あまりにも畏れ多いことにございます」

「そう言うな」

ふっ、と小さく、玲蘭は笑った。

「多少のこと、とな。そう、謙遜《けんそん》するな」

「謙遜などでは……」

玲蘭は、玉座を降りた。しゃら、しゃら、と装身具が音を立てる。まるで音楽のようだと、李燕は思った。

その音は、慧敏と歐芳の前で止まった。玲蘭はふたりの前で、膝を折る。

「陛下！」

臣下が悲鳴をあげた。奴隷や外国人の前で女帝がそのような恰好《かっこう》を見せるなど、李燕も息を呑《の》んで驚いた。

「目は、痛まぬのか」

うつくしく整えられた玲蘭の指先が、歐芳の眼帯に触れる。彼は、びくりと大きく震えた。

「そちは？　右腕を、失ったそうだな」

「は……」

いつもなにかを楽しむように、傲岸《ごうがん》な態度を崩さない慧敏だ。薄く笑っている顔しか知らない李燕には、今の慧敏はまるで違う人間のように見えた。

「そなたたちが身を投げ出してくりゃれたこと、我は忘れぬぞよ」

「ありがたき……」

ふたりは再び、頭を下げる。玲蘭はそんなふたりを、慈愛深い表情で見つめていたけれど、やがて口を開いた。

「こたびは、そなたらに褒美を遣わそう」

ざわり、と再び広間がざわめく。女帝自らの下賜《かし》など、今までに例がなかったのだ。

「そなたら、なにを望むかや？」

しばらく、沈黙が続いた。広間の者たちも、固唾《かたず》を呑んで女帝たちを見守っている。

焦《じ》れるほどの時間が経ったのち、口を開いたのは歐芳だった。いつも寡黙で、なにを考えているのかわからない歐芳だ。なのに、このような場で積極的に声を出すなど、まったく意外だった。

「畏れながら」

歐芳は、ゆっくりとそう言った。

「弟ぎみを、いただきたくございます」

李燕には、彼の言葉の意味がわからなかった。それは臣下たちも、そして玲蘭もそうだったらしい。玲蘭は、うつくしく化粧された目を、ゆっくりとしばたたいた。その意図を確かめるように、じっと歐芳の目を見る。

歐芳はといえば、その身分では一生女帝の下賜を受けることがあるどころか、顔を見ることもなかっただろう。しかしそのようなことなど感じさせない、凜《りん》とした視線で女帝を見返している。

「なんと、言ったかや？」

玲蘭に、彼の声が聞こえなかったはずはない。玲蘭が尋ね返したのは、本当に聞こえなかったのか、その信じられない願いを前に驚いたのか。

「弟ぎみを、ご賜与願いたく存じます」

「……ほぉ」

女帝は、低くささやいた。歐芳はまばたきもせずに、彼女を見つめている。

「我が弟は、ふたりいように。そなたの申すのは、どちらじゃ？」

歐芳は雪凜に仕えている。そのことを知らないはずはないのに、どこかとぼけた口調で、玲蘭は言った。

「雪凜か、李燕か？」

自分の名が出て、李燕はどきりとした。李燕の名に、慧敏が微かに目をすがめた。

「雪凜さまでございます」

歐芳がそう言ったときの雪凜の顔を、李燕は見ることができなかった。彼はまっすぐに背筋を伸ばし、玲蘭のほうを見ていた。自分の名が挙がったことを、どう思ったのだろうか。

「なるほど……雪凜、をな」

どこか面白がるようにそう言って、玲蘭は雪凜を見た。衣擦《きぬず》れの音とともに雪凜の前に立ち、やはり彼の顔を覗《のぞ》き込む。

「あれは、ああ言っておるぞ。雪凜」

「はい」

「そなたの心も聞こうか。雪凜、そなたはどう考えておるか？」

「陛下の、御心のままに」

恭しく頭を垂れながら、雪凜は抑揚のない声でそう言った。

「ほぉ、我の心のままに、と言うか」

雪凜は黙って、頭を下げる。なにごともはっきりと言う気丈な性格の兄が、そのように殊勝な態度を見せることがあるとは、思ってもみなかった。

「しかしそなたは、王弟なるぞ。そのような身分の者が、軽々しく低き者に下げ渡されていいものではない」

その言葉に、李燕は息を呑んだ。姉の言うことは、そのとおりだ。それでは、雪凜と歐芳は結ばれてはならないのだろうか。ともにいてはいけないのだろうか。

李燕は、とっさに慧敏を見た。彼の表情はよくわからなかったけれど、いつもと違いはないように思える。歐芳の言ったことを、どう思っているのだろう。自分たちに置き換えて考えることは、ないのだろうか。

「いったん下げ渡して、やはり、と言うべきものでもない、な」

「は……」

歐芳は、玲蘭の言葉に戸惑っているようだった。玲蘭はなにが言いたいのだろうか。李燕も困惑して、姉の顔を見た。

その場の者が皆、自分を見ても玲蘭は平然としていた。女帝の立場なら当然なのだろうけれど、皆がその言うことを不思議がっていることを楽しむように、玲蘭は笑みを浮かべている。

「我は、女帝ぞ」

それはこの場の誰《だれ》もが知っていることではあったが、玲蘭の上品な赤い唇から洩《も》れると、改めて意識すべき重要なことに感じられた。

「我の許しを得て下げ渡された弟が、我の意に反して戻ってくるようなことがあっては、ならぬ」

そこで李燕は、気がついた。玲蘭は歐芳に、雪凜との別れはならぬと言っているのだ。雪凜が、二度と王宮の床を踏むことはならぬと言っているのだ。それはふたりに永遠を誓えということで、それに気がついた李燕は、自分の頰《ほお》が熱くなっていくことに気がついた。

「我の命《めい》に逆らう者があってはならぬ。我が許したふたりが、別れるようなことがあってはならぬ」

「……お言葉、心に刻みましてございます」

そう言ったのは、雪凜だった。彼は両手を姉の足もとについて、深く頭を下げた。

「陛下のお心を煩《わずら》わすような、陛下の威風に傷をつけるようなことなど、私が許しませぬ」

「そうかや」

玲蘭は、満足そうにそう言った。弟を、そしてその隣に並んだ歐芳を睥睨《へいげい》し、深い笑みを見せる。

「して、慧敏」

目の前のできごとに、いささか驚いているような慧敏に、玲蘭は声をかけた。いきなり名を呼ばれ、彼は驚いたように息を呑んだ。いつも怜悧《れいり》な彼にしては、まったく驚くべきそのさまだ。

「そなたは、なにを望む？」

「願い、でございますか」

戸惑っているらしい彼は、女帝の顔を見あげた。しかしそれがあまりの不作法だと気がついたのだろう、急いで深く頭を下げる。

「私は……陛下からそのようなお言葉をいただく、資格などございません」

「なにゆえに、そのようなことを申すのじゃ」

玲蘭は、少し機嫌を悪くしたようだった。それは慧敏にも感じられたのだろう、彼は慌てたような口調で言った。

「私は、己の欲に従ったがまででございます」

「欲、とな」

「はい。僭越《せんえつ》ながら私は、李燕さまをお救いしたかったのみにございます」

「我に誠実であったのでは、なかったと？」

「はい」

まわりの者が、息を呑む。女帝に向かって僭越な、と驚いたのだろう。

「そなたを、素直な、と褒めればよいのかのう？」

さすがの慧敏も、それには答えられなかったらしい。彼は黙って頭を下げたままで、長い沈黙が流れた。

いきなり玲蘭が笑い出したので、李燕はぎょっとした。彼女は李燕のほうを見て、なおも笑いながら声をあげる。

「そなたも、よくよくおかしな男に縁があったの」

「は……」

「この男も、李燕を下賜せよと申すのだろう？　おまえは、雪凜同様、我の前から去るのであろう？」

「そ、れは……！」

李燕の頬は、先ほどとは比べものにならないくらいに熱くなった。思わず手で押さえ、そんな彼を目にして、玲蘭はまた笑い声を立てた。

「のう、慧敏。我は、なかなかに慧眼《けいがん》であるとは思わぬか」

「申しあげるべき言葉もございません」

慧敏は言って、深々と頭を垂れる。そんな彼を見下ろした玲蘭は、衣擦れの音とともに振り返り、玉座に座った。

「雪凜、李燕」

彼女は、弟たちの名を呼んだ。ふたりは同時に、低く返事をする。

「我は、その者たちに褒美をやらねばならぬ」

言いながら、玲蘭は顎先《あごさき》で歐芳と慧敏を差した。

「その者たちが揃《そろ》って望むのは、我が弟たちであるらしい」

「は……、……」

当の望まれた者たちは、戸惑っている。そんな弟たちを、玲蘭は楽しげに見やっていた。

「我は、それを叶《かな》えてやろうと思う。ただし、先ほども言うたな。我の命は絶対である。いったん下賜された以上、この宮に入ることは許されぬと思え。この姉の顔を二度と見ることはないと思え」

李燕は、深く頭を下げた。伝わってくる気配から、雪凜も同様に頭を下げたことがわかった。

「そなたたちは、下賜品だ。我がそう告げたときから、そなたたちは王子ではなくなる」

「それは……！」

声をあげたのは、歐芳だった。その焦燥した顔を、玲蘭はじろりと見やる。

「なんじゃ。そなたは、雪凜が王子でなくてはならないと言うか？」

「そうではございません」

なおさら深々と頭を下げて、歐芳は言った。

「ただ、私めの願いごときで、雪凜さまが王子の座を追われるのは……」

「責任が重いかえ？」

それ以上はなにも言わずに、歐芳はうなずく。彼の短い髪が、頰でさらりと揺れた。

「そなたこそ、なにもわかってはおらん」

叱責《しっせき》する口調で、玲蘭が言った。

「そなたの願いは、王子の下賜だ。それがどういうことなのか、なにを意味しているのか。わからぬ者には許すことはできぬが……？」

歐芳が、はっとした顔をした。そんな彼を、玲蘭は楽しげに見入った。

「のぅ、雪凜。そなたをもらい受けたいと願う者は、このように脆弱《ぜいじゃく》な心の主なのかや？」

「そこもまたかわいいところだと、申しあげましょう」

雪凜の言葉に、玲蘭は驚いた顔をした。見開いた彼女の目に、雪凜はにやりと笑う。

「姉上には、おわかりにならないやもしれませぬが」

「いや……」

女帝は、迷ったような口調で言った。そのような姉の姿を見るのも、また珍しいことだ。李燕は、驚いて玲蘭を見ていた。

そんな中、いきなり立ちあがった者がある。女帝の前でそのような無礼を、と窘《たしな》める者は誰もいなかった。それは慧敏で、彼はまっすぐに王子たちの席に歩いてくると、左腕を差し出して李燕を抱きあげた。

「あ、ちょ……、っ、……と……！」

「李燕さまは、いただいていきます」

ちらりと歐芳を見、そして玲蘭に向き合って、慧敏は頭を下げた。李燕を片腕だけで抱きあげているから軽い会釈にしかならなかったけれど、女帝はそれを責めることはしなかった。

「ちょ、慧敏、……、っ、……！」

「おとなしくなさいませ」

李燕にしか聞こえない声で、慧敏はささやいた。

「見てのとおり、私は左腕しかありませんから。暴れると、落としますよ」

「……っ！」

反射的に李燕は、慧敏に縋《すが》りついた。そんな李燕に慧敏は微笑みかけ、まっすぐに謁見の間を出てしまう。

その足が向かっているのは、李燕の宮だ。すれ違う女官たちが、驚いて李燕たちを見ている。これまで女官の視線など気にすることはなかったのに、今は無性に恥ずかしい。李燕は目を伏せてしまい、しかし慧敏はなにも気にすることなどないかのように、早足に歩いている。

「……あ、あ……！」

慧敏は迷わず李燕の臥房《しんしつ》に入り、臥台《しんだい》の上に李燕を横たわらせる。

「あ、の……慧敏」

「この日を、ずっと夢見ていました」

仰向けになった李燕の上に片手と両膝をつきながら、慧敏は顔を近づけてくる。李燕はとっさに、目を瞑《つぶ》った。唇が寄せられる。そっとくちづけられて、李燕は大きく胸が鳴るのを感じた。

「……ん、……、っ……」

そっと、重ねるだけのくちづけ。触れ合った部分から慧敏の、心の温《ぬく》もりが伝わってくるような気がして、李燕は思わずため息をついた。

「ねぇ、……慧敏」

くちづけながら、李燕はささやく。

「どうして……私が、欲しかったの？」

「ん……？」

どこかとぼけたような口調で、慧敏は微かに声をあげた。

「私を、下賜されて……そんなことを、望むほどに？」

「ほかに、なにを望むというのですか」

少し苛立《いらだ》ったように、慧敏は言った。李燕は、はっとしたけれど、その唇は再び深く塞《ふさ》がれる。

「あなた以外に……、私が、なにを？」

熱い呼気が、唇にかかる。それにどくりと体を反応させながら、李燕は目を見開く。

視界には、今までに見たことのない表情をした慧敏がいた。それに目を奪われ、瞠目《どうもく》している李燕に慧敏は重ねてくるくちづけを濃くする。

「んぁ、あ……あ、……、あ……」

舌がするりと挿《はい》り込んできた。それに歯を舐《な》められ、口腔《こうこう》を辿《たど》られ、李燕は少しずつ追い立てられていく。

思わず手を伸ばし、慧敏の肩を摑《つか》む。しかし右肩を摑んだ手はすべって、筒状の布をなぞるだけになってしまう。

「……慧敏」

いったい李燕は、どのような表情をしたのだろうか。慧敏は微かに笑って、ちゅっと音の立つくちづけを押しつけてきた。

「あなたを私のものにできるのなら、安いものです」

その笑いは、李燕の体の奥にまで沁《し》み込んできた。ぶるりと李燕が震えると、慧敏は左腕で李燕を抱きしめてくる。

「こうやって、あなたを抱くことができる。あなたの体温を、感じることができる」

「慧敏」

ささやいた名は、くちづけの間に吸い取られてしまう。きゅっと吸いあげられて、すると体の奥からどくりと湧《わ》きあがってくるものがある。

「……あ、あ……、っ……」

その正体を、李燕はよく知っている。慧敏に抱きしめられて、生まれる感覚。それはなによりも李燕が求めているもので、たまらなくなった李燕は、自ら慧敏に抱きついた。

「おや、積極的ですね」

慧敏が、くすくすと笑う。唇は深く重ねたまま、彼の左手が李燕の胸に這った。ざらりと撫《な》であげられて、李燕は大きく腰を跳ねさせる。

「だ、って……、慧敏、が……!」

「私が?」

彼は、不思議そうな声をあげた。李燕の言いたいことはわかっているくせに、わざとそうやって煽《あお》ってくるのだ。しかしそのことがたまらなく心地よくて、李燕は何度も、大きく身を震わせた。

「慧敏が……触って、くるから……！」

掠れた声でそう訴えると、慧敏はにやりと笑った。李燕が自分の思いどおりの反応を示すことに、満足したらしかった。

「素直でいらっしゃるのが、一番ですよ」

慧敏の指が、布越しに乳首を抓《つま》む。直接ではないことにたまらないもどかしさを感じ、李燕は身を捩《よじ》らせる。そんな李燕の体を、全身を使って押さえつけ、慧敏は解放してくれない。

「感じるままに……声を、あげなさい。私に、聞かせるんです」

「あ、や……、っ、……！」

きゅっ、と乳首にかかった指に力を込められた。李燕はひっくり返った声をあげ、そのような声が自分のものだとは信じられない。

「そのように、遠慮のない声を」

くすくすと、慧敏が笑う。その笑い声には淫《みだ》らな色が滲んでいて、それを耳に李燕の背にはぞくぞくとしたものが走った。

「……もっと、聞かせて？　あなたの声を……もっと」

「そ、んな……遠慮、……な、い……、っ……、て」

詰《なじ》られたことを声にすると、慧敏がくすっと笑った。

「気にしているのですか？　私は、もっと聞かせていただきたいと思って言ったのですがね……？」

「あ、あ……、ん、な……、っ、……こ、と……」

慧敏の手はすべって、袍《ほう》の合わせにかかる。彼の冷たい手に、直接肌を探られる。李燕の下肢がびくりと跳ねて、それにまた慧敏が笑った。

「この程度で感じていては、この先苦しいですよ……？」

李燕を脅すようなことを言って、慧敏は現れた肌に唇を這わせる。ざらりと舐めあげ、李燕に裏返った声をあげさせた。

「いぁ、あ……、あ……！」

「あなたを、もっと喘《あえ》がせる。もっと感じさせて……あなたが、あなたでなくなるほどに」

「そ、ん……な、あ、ぁ……、っ……」

それは恐ろしくも、甘美な言葉だった。自分が自分でなくなって、すべてが慧敏のものになる瞬間。なにもかもを、慧敏に委《ゆだ》ねられる刹那《せつな》。

「あ、あ……ッ、……っ……！」

慧敏の唇が、李燕の乳首をとらえた。舐めあげ、くわえてきゅっと吸い、軽く歯を立ててくる。びりびりとしたものが全身を這い、李燕は大きく背を反らせた。

「このくらいで、感じて」

愉《たの》しげに、慧敏が言う。

「言ったでしょう？　あなたをもっと感じさせる。あなたが、おかしくなるほどに……」

「あ、あ……、っ、……、っ、……！」

吸い立てられ、歯を立てられ、力を込められてどきりと胸が鳴る。今から始まる淫らな宴《うたげ》を予感して、胸の鼓動はますます大きくなった。

「あなたを、あなたの知らない世界に連れていって差しあげましょう？」

くすくすと笑いながら、慧敏は李燕を愛撫《あいぶ》する。胸の形を舐め、指先で辿り、愛撫はだんだんと下肢にすべっていく。

「や、ぁ……っ、……、っ、……」

みぞおち、腹部、臍《へそ》の上。慧敏の舌はそこを抉《えぐ》り、ちゅっという音は李燕を大きく震わせた。

「ここ……感じるのですよね？」

今さらそのようなことを確かめながら、彼の舌は臍のまわりを辿る。くすぐったさと性感がいちどきに来て、李燕はぞくぞくと身を震わせた。

「こう、やって……、こんな、ふうに。舐められるのは？」

「いぁ、あ……あ……ん、っ、……っ……」

慧敏の指は、唾液《だえき》ですべって李燕の褲子《くんず》の腰にかかる。はっ、と李燕は息を呑んだ。慧敏はそのまま、片手で褲子の紐《ひも》を解き、しゅるりという音に李燕は、かっと頬が熱くなるのを感じた。

「ほら……、こちらも、すっかり感じていらっしゃる」

「あ、あ、……ああ、あ！」

李燕の下肢の形をなぞるように、慧敏の指が動く。それは李燕の淡い毛を梳《す》き、そこから勃《た》ちあがる欲望を辿る。直接触れられて、びくんと腰が跳ねた。慧敏はそれを押さえ込み、なおも指先で擦《こす》りあげる、もどかしい愛撫を続けた。

「いぁ、あ……ああ、あ……、っ、……、っ……」

反射的に腰を捩った李燕は、しかし片方しかないはずの慧敏の手に下肢を押さえられる。そそり勃った自身は、彼の舌にとらえられた。指以上に繊細な愛撫を与えてくるそれは、李燕をおかしくさせるほどに巧みに動く。

「ッ……ああ、あ……、あ、ああ……、っ、……！」

舌の先端が、李燕自身の形をなぞる。つぅ、と舐めあげ、先端ですべり、尖《とが》らせた舌が鈴口に挿り込む。抉られて、どっと透明な液が垂れ流れた。

「やぁ、あ……あ、……、っ、……」

同時に唇が、それを挟む。きゅっと吸いあげられて、体内の怒濤《どとう》がより勢いを増す。過剰な刺激から逃れようと身を捩るも、慧敏の片手は離してくれない。

「や、ぁ……、だめ……、っ、……、そ、んな……ぁ……」

「だめ、……ですか？」

くわえたまま、慧敏が尋ねる。その声が、敏感な部分に響いた。

「あ、あ……ああ、あっ！」

同時に、どくりと溢《あふ》れ出るものがある。それが自分の淫液で、慧敏を求めて生まれたものだと思うと、羞恥《しゅうち》は大きくなった。

「……あ、あ……、だ、め……、っ……！」

「なにが、だめですか」

責めるように、慧敏は言った。李燕は、ひくっと咽喉《のど》を鳴らす。視線を下に落とすと、自分の勃起《ぼっき》に舌と指を絡ませている慧敏と目が合った。彼の紅い瞳が、李燕を見つめている。そのまっすぐなまなざしに感じさせられ、ふるふると李燕は身を振るった。

「ここ……こんなに、反応しているのに？　私を求めて、震えているのに？」

「あ、や……、っ、……、っ……ん、んな……っ、……！」

羞恥に李燕は、手を伸ばした。慧敏の体を抱きしめようとして、しかし腕に力が入らない。そっと背に手を這わせるだけになってしまい、それに慧敏が、くすくすと笑う。

「そのような……抵抗になど、なりませんよ？」

「……あ、あ……」

抵抗するつもりはないけれど、それでもそのように言われては、羞恥が増す。李燕は身を捩り、しかし自身を強く吸いあげられて、体から力が抜けてしまう。

「私から、逃げるおつもりなら……」

「にげ、な……、っ、……」

李燕は、悲鳴をあげた。

「にげ、ない……か、ら……、っ……！」

「では、おとなしく私のものにおなりなさい」

もうとっくに、李燕は慧敏のものなのに。なぜ今さらそのようなことを言うのかと思い、慧敏もまた、不安なのかと感じた。

「わ、たし……、は、慧敏、のもの……、っ……」

掠れた声で、李燕は訴えた。

「この、体……も、心、も……すべ、て……っ……」

「かわいいことをおっしゃる」

彼は、まるで唇にそうするように、音を立てて李燕自身の先端にくちづける。それにひくっと腰が跳ね、欲望を彼の口腔へと突き挿《い》れてしまう。

「ふふ……」

そのまま慧敏は、李燕をくわえた。舐めあげ、きゅっと吸われ、柔らかい口腔の皮膚で擦られる。その刺激はどうしようもなくたまらなくて、李燕は腰を捩った。するとますます、刺激が深くなった。

「こうやって、自ら求められる李燕さまのお姿は……」

じゅくり、と洩れる淫液を啜《すす》りあげながら、慧敏はささやく。

「なんとも、魅惑的ですね……我慢など、できなくなります」

「が、ま……ん、……な、んて……！」

裏返った声で、李燕は訴える。言葉がうまく綴《つづ》れなかったけれど、言いたいことは彼に伝わったようだ。

「し、な……、い、で……、っ、……」

「ええ、しませんとも」

慧敏の指が、双丘に触れる。濡《ぬ》れた音とともにその間を伝って、すでに微かに潤み始めている秘所に触れてきた。

「いぁ、あ……あ、……ああ、あ！」

「ほら。ここ……もう、濡れてる」

嬉《うれ》しそうな声で慧敏が言ったので、李燕は思わず、ぴくりと震えた。すると慧敏の笑いが、濃くなる。

「こんな、淫らなあなたを前に……我慢なんて、できるはずがありません」

「っあ、あ……あ、あ……、っ、……！」

慧敏の指が、敏感な皮膚を辿る。押し伸ばし、つぷりと先端を突き挿れる。それに李燕は過剰なほどに感じてしまい、大きく身をうねらせた。

「それほどに感じていては……ここ」

「い、ぁ……ぁ、あ……っ、……！」

「たまらないのではありませんか？　私の、ものを」

「やっ、……は、やく……、っ、……っ……」

李燕は手を伸ばした。慧敏の左手首を握って、早く、と突き込むようにする。

「せっかちな」

そんな李燕を、慧敏は笑う。

「もう少し、愉しませてください……？　あなたの、その恰好……ここの、心地いい感触を……」

「あ、あ……や、ぅ……っ、……！」

ずくり、と指が挿ってくる。ぐるりと中をかきまわされ、擦ると感じる凝《しこ》りに刺激があった。身を仰《の》け反らせて、李燕は喘ぐ。

「っあ、ああ……ん、……、っ、……っ、……！」

感じる神経が集まっているそこは、たまらない性感帯だった。いじられ、高められるのははじめてではないけれど、今の慧敏の指は記憶にあるよりも器用に、淫らに動く。

「や、ぁ……だ、め……だめ、……ん、な……、ぁ……」

掠れた声で、訴える。しかしそのような李燕の言葉など、聞くつもりはないらしい。彼は指を増やし、なおもそこを執拗《しつよう》にいじる。

「ふぁ、あ……ああ、あ……、あ……あ！」

「ここ、こんなに腫《は》れて」

愉しむ口調で、慧敏はなおもそこをもてあそんだ。李燕は、自分の意識がだんだんと掠れていくのを感じている。なにも考えられなくて、ただぞくぞくと身を走る性感ばかりが自分のすべてになって、やがてはどろりとした淫液となって流れ出していく。

「……ふふ。中、ぴくって反応しましたよ」

慧敏は、自分の唇を舐めた。そのさまはあまりにも艶《なま》めかしくて、目を惹《ひ》きつけられる。

「達《い》くのでしょう……？」

李燕よりも、李燕の体を理解している慧敏が、そうささやいた。

「私の手で、達ってください。ひとつになってしまった私の手でも、あなたを達かせられるのだと、知りたい……」

「あ、……、けいび、ん……、ッ……」

達く瞬間を見届けられるなど、羞恥以外のなにものでもない。それでも慧敏が望むのなら——どんな恥ずかしい姿だって、見せられると思った。

「達か、せて……、っ、……！」

促されなくても、李燕は大きく脚を開いた。慧敏の目の前には、そそり勃った欲望と、その奥の濡れた秘所が、露《あら》わになっているに違いない。そのことはわかっていても恥ずかしくて、同時に今までにない愉悦を覚える、と思った。

「ねぇ、お願い……、慧敏。達か、せ……、っ、……」

「まったく、あなたはかわいらしい」

ため息とともに、慧敏は言った。

「あなたの兄上とは、雲泥の差ですね……？」

「あに、うえ……？」

いきなり聞かされた、思いもしない名前に李燕は目を見開く。目が合った慧敏は、苦笑した。

「ええ。あの高飛車なお姫さまとは、大違いだ。あなたは、素直でかわいらしくて……」

「そんな、……こと、……っ、……！」

あの優秀な兄と比べられるなんて、李燕は驚いた。見開いた目に、満足そうな慧敏の笑みが映る。

「あなたが私を愛してくださって、よかった」

「いぁ、あ……あ、あ……、っ、……！」

「あなたが、私のもので。私以外のものだったら……私は、その相手を殺していたかもしれません」

「やぁ……ああ、……、っ、……、っ、……！」

甲高い声をあげて、李燕は達した。どくん、どくん、と間歇《かんけつ》的に欲液が溢れる。その衝動と同時に掠れた声を洩らしながら、李燕は意識が白く塗り潰《つぶ》されるのを感じていた。

「たくさん出ましたね」

ふふ、と慧敏が、嬉しげに言う。

「こんなに感じてくれて……嬉しいですよ。これが、あなたの私への想い」

「ひぁ……あ、あ……、っ……っ、っ……」

「でも、まだ足りないでしょう？」

ああ、と李燕は嗄《か》れた咽喉から声を吐いた。慧敏がいきなり引き抜き、蜜洞《みつどう》がせつなく疼《うず》く。思わず脚を擦り合わせると、彼の左手が膝を裂いた。

「この奥、見せてくださるんじゃないんですか？」

「あ、や……、っ、……、ッ、……！」

「もっと、あなたの淫らなところを。あなたの、深い部分を……」

慧敏は、己の衣を脱ぐ。袍の前を開き、すると引きちぎれた右腕の、布を巻いた部分が露わになる。それに奇妙に昂奮《こうふん》をそそられるのはなぜなのだろう。李燕は、また足を擦り合わせる。

「あ、あ……、っ、……っ、……」

「見ているだけで、感じるんですね」

いやらしい。そう罵《ののし》られて、しかし性感は増した。ゆっくりと、李燕は脚を開きながら慧敏を見ている。李燕が慧敏を受け入れるところを再び彼の前に晒《さら》したのと、慧敏が褌子を取り去ったのは、同時だった。

「挿れてほしい……？」

「あ、はや……、っ、……、っ……！」

尋ねられるまでもない。早く、とねだる声は、うまく形にならなかった。李燕は脚を開き、奥を見せつけることで自分の欲望を知らしめる。

「ねが……、っ、……、っ、……」

「ふふ」

慧敏の左腕が、李燕の右腿《みぎもも》の裏を押した。くちゅりと音がして、自分で開いた以上に双丘が口を開け、秘所が晒される。

「ここ……もう、くぱくぱしていますね」

淫らな言葉を使って、煽られる。李燕は体勢はそのままに、きゅっと唇を嚙《か》んで目を閉じた。

「挿れてほしいって、言ってごらんなさい」

濡れてほどけた秘所には、熱いものが押し当てられる。しかし慧敏は、それ以上の力を込めようとしない。そこを焦らすようにつつくだけで、李燕の言葉を待っているのだ。

「ねぇ……？」

「い、ぁ……あ、あ……、っ、……、っ、……！」

やみくもに下肢を押しつけても、彼は挿入しようとしない。ふたりの繋《つな》がる部分は触れ合ってぴちゃぴちゃと音を立てているのに、突き込んではもらえないのだ。欲しい質量を与えられないのだ。

「ね、……おねが、……、い……、っ、……」

「なにを？」

なおも意地の悪い調子で、慧敏が尋ねる。李燕の目の縁からは、熱いものがひと粒流れ出した。

「ああ、かわいそうに」

そう言って、慧敏が目もとを舐めてくる。涙を舐め取られ、それにも感じて下肢をひくひくとさせながら、李燕は啼《な》き声でつぶやいた。

「挿、れて……、慧敏、を……、っ……」

「仕方ないですね」

呆《あき》れたようにそう言って、彼は身を起こす。慧敏の体温が離れてしまって、そのことにせつなさを感じたけれど、すぐに求めていたものが与えられる。

「ほら……、味わいなさい？　あなたが、欲しがっていたものでしょう？」

「く……、ぁ、あ……ん、……、っ、ん、ん、……、っ……」

ずく、と蜜口が破られた。李燕は、はっと息を呑み、呼吸の律動に合わせて太いものが挿ってくる。

「んぁ、あ……あ、……あ、ああ、あ！」

「あなたが、ねだっていたものですよ？」

聞こえてくる慧敏の声も、荒い。彼も感じているということが伝わってきて、李燕の熱はますますあがる。秘所は軋《きし》みをあげて拡《ひろ》げられながら、内壁が擦られていく。敏感な襞《ひだ》が押し拡げられ、ますます感じさせられて李燕は声をあげた。

「こんな……、欲張って。いっぱいに、頬張って」

「あ、や……、っ、……、っ、……て、……っ……」

李燕の唇は、まともな言葉を綴ろうとしない。はくはくと浅い息をつきながら、ゆっくりと挿り込んでくる欲を受け止めている。空洞だった場所をいっぱいにされて、なおも擦りあげられる刺激に喘いでいる。

「慧敏、けい、……び……、っ、……」

てられる。

熱い呼気とともに、彼がつぶやいた。ずく、と突きあげられる。敏感な内壁が、擦り立
「李燕さま」

「いぁ、あ……、っ、……っ、ああ、あ！」

「あなたの、中……私を、悦《よろこ》んでいる……」

その感覚を味わうように、慧敏がつぶやいた。

「私を待ち焦がれて……、こんな、熱く」

「だ、ぁ……、っ、……、って……、……」

途切れ途切れの声で、李燕はささやいた。

「おまえ、が。……おまえだけが、欲しくて」

「私が？」

慧敏が、笑ったような気がした。それは艶めいた歪《ゆが》んだ笑いで、彼のそのような声音を聞くのが自分だけだということに、李燕は後ろ暗い悦びを覚えた。

「私が、欲しい？」

「ほし……、……ああ、ほし……っ、……！」

それ以上、慧敏は李燕を焦らさなかった。彼は片手で李燕の腰を掴み、ぐいぐいと押し

つけてくる。内壁が擦られる。拡げられる。隠れている敏感な神経が刺激され、そのたまらない感覚に、李燕は大きく身を反らせた。

「ひぁ、あ……っ、……ぅ、……！」

「り、えん……さ、ま……、っ……」

中ほどまで突いて、引き抜かれる。再び、勢いよく最奥を突かれた。それに、目の前が真っ白になる感覚を味わう。酔っている間もなく、立て続けに突きあげられて、李燕は声を嗄らした。咽喉を仰け反らせ、慧敏の体にまわした腕に力を込めて、ただただ快楽の中に酔いしれた。

「いぁ……ああ、あ……、っ、……、ッ、……あ、ああ、あ！」

じゅく、じゅく、と接合部分が音を立てる。腹の奥、もっとも深い部分を突かれる。蜜壁を何度も何度も擦られて、痺《しび》れて感覚さえなくなった。

「ひぅ、……ぅ……、っ、……、っ、……！」

ぱくぱくとせわしなく動く李燕の唇を、慧敏がとらえる。強くくちづけられる。唇と、下肢と、二箇所で繋がって、これ以上なく深く混ざり合いながら。李燕は慧敏の体を抱きしめて、はっとした。

「けい、……びん」

李燕がなにを思ったのか、慧敏は気づいたのだろう。彼はなおもくちづけを深くしてきて、李燕になにをも言わせなくしてしまう。

「……け、……、い……、っ……」

彼の右腕がない理由。それは、あの貪欲《どんよく》な女神に喰《く》わせたのだ——李燕を守るために。

「李燕さま」

李燕の、ために。

慧敏、と、声にならない声で、李燕はささやいた。

「私、が……おまえの、腕、に」

ああ、とその言葉は、喘ぎにかき消されてしまう。突きあげてくる感覚があまりにも激しくて、濃厚で、絡みついてくるかのようで。

「ああ、あ……けい、び……ん、……、っ、……、っ、……!」

李燕さま、と呼びかける声が聞こえる。それを甘く舐め取って、同時に体の奥で弾《はじ》ける淫液を受け止めながら、李燕は満たされたため息をついた。

第六章　ただひとりの存在

濡れた音が、あたりに響く。

擦る音、水の流れる音。微かにあがる、掠れた声。

「こうやって、湯浴みができるのも最後かもしれないな」

雪凜の白い肌には、真珠のような水滴が浮かんでいる。それはぽろぽろと肌を伝って落ち、それに歐芳が目を奪われているのを雪凜はわかっていた。

わかっていて、雪凜は身を振るう。水が肌を流れていくのに、歐芳の視線がつられる。

雪凜は少しむっとして、紅い唇を開いた。

「おまえは、私を見ていろ」

「は……」

「私以外に、目を奪われるな。おまえは、私だけを見ていればいいんだ……」

はい、と歐芳はうなずいた。そして泡立った海綿を改めて手に取り、雪凜の腕を洗い始める。

「……ふぅ」

湯気の満ちた湯屋の中、雪凜はなにもまとっていない。歐芳も褌子だけで上半身は裸だ。湯を沸かして湯気を浴室に込め、その蒸気で汗や垢《あか》を流すこの風呂《ふろ》は、王族や高位の貴族にしか許されないものだ。

丸腰になって入るぶん、体を洗わせる奴隷は信頼のおける者でなくてはならなくて、だから歐芳は、ずっと雪凜の湯男だった。

歐芳は、平静な顔をして雪凜の体を洗っている。腕から、腋《わき》に。その下を。胸を、腹を、下腹部を。少し力を得ている自身を洗うときでさえ彼はなにも言わず、それに雪凜は、少し苛立った。

「歐芳」

雪凜がささやくと、歐芳は低く返事をした。

「海綿は、もういい」

「かしこまりました」

そう言う雪凜のわがままは今さらだから、歐芳も慣れたものだ。しかしまだ全身を洗えていないと、歐芳は不思議そうな顔をした。

「舐めろ」

雪凜はそう言って、足を差し出す。

「おまえが、舐めて洗え」

「かしこまりました」

歐芳は、戸惑うこともなく頭を下げた。そんな彼の忠心は頼もしくあるけれど、ときどき雪凜を苛立たせるのはなぜだろう。

桶《おけ》に湯を汲《く》み、歐芳は雪凜の肩からそれを流す。ざば、と身を包む湯が心地いい。はっ、と息をついた雪凜の前にひざまずき、歐芳はその足を取った。

「……ん、っ……」

ぴんと伸ばしたつま先に、歐芳がくちづける。親指をくちゅりと吸われ、するとぞくぞくとするものが腰を走った。

「歐芳……、私は、洗えと言ったのだ」

微かに震える声を、懸命に抑えて雪凜は言った。

「そのようにしろとは言っていない」

「ですが、お身に触れなければ、洗えません」

「生意気を言うな」

「ですが」

歐芳は涼しい顔でそう言って、雪凜の指先をくわえる。ねっとりと舌を絡ませてきて、それにまた震える感覚があった。

「雪凜さまの肌は、隅々まで輝いておいでではなくてはいけませんから」

彼の舌は指の股《また》に入り込む。薄い皮膚は感覚を敏感に伝え、再びぞくぞくと迫《せ》りあがるものがある。

「ここも……ここも。すべて、きれいに」

「ん、……、っ、……っ……」

たかだか奴隷の愛撫で、感じてしまうなどと——そうやって自分を律しても、雪凜の体のことなら隅々まで知っている歐芳の愛撫は、巧みだ。否、彼は体を洗っているだけなのに、感じてしまう雪凜がおかしいのか。

「もっとも……雪凜さまに、汚いところなどありませんけれど」

足の裏を舐めあげながら、歐芳は言った。

「こうやって、私が舌を這わせるところ……ここが、汚くなっていく。雪凜さまが堕《お》ちるようで、私は不安ですが」

「堕ちるも、なにも」

ふっ、と雪凜は歐芳の言葉を嘲笑《あざわら》った。

「王子の身分を、追われたのだ。堕ちると言えば、これ以上の陥落もないだろう」

「そして、私のものになってくださった」

歐芳は、雪凜のふくらはぎに舌をすべらせている。ひく、ひく、と脚が震えた。しかし感じていることを知らしめないように、雪凜は努めて、冷ややかな表情を浮かべていた。

「雪凜さまは、私のもの」

うたうように、歐芳は言った。その唇は、ふくらはぎの肉を挟む。

「私に下賜された……私の、珠」

「……恥ずかしいことを言うな」

雪凜は怒った声をあげたけれど、歐芳にはこたえていないようだ。彼はふくらはぎを、膝を、そして腿を舐めあげ、鼠径部《そけいぶ》に至るところで視線だけをあげた。

「雪凜さま」

「なんだ」

「あなたを、味わっても……？」

雪凜は、ひゅっと息を呑んだ。隠すまでもない、彼自身はすっかり勃起している。先端からたらたらと流れる透明な液は、先ほど肩からかけられた湯ではない。そのことは、雪凛が一番よく知っている。

「……おあずけだ」

早く愛撫してほしい、早く舐めてほしい——そんな気持ちを抑えて、ゆったりとした口調で、雪凛は言った。

「まずは、おまえがして見せろ」

「雪凛さまの、お目汚しを？」

「ああ。汚してみろ。私を、おまえの汚いもので穢《けが》すのだ」

雪凛の言葉に、歐芳は目をすがめた。湯気に濡れた褌子の中心が、硬くなっていることに雪凛も、そして歐芳自身も気がついている。

彼はそっと身を引くと、自分の褌子を脱いだ。べちゃり、と濡れたそれを床に落とす。

全裸の歐芳は、逞《たくま》しく艶がかった肌が艶めかしく、雪凛は思わず、それに見とれた。

「見ていて、くださるのですね……」

悦びを隠しもしない口調で、歐芳は言った。彼は立ったまま、そそり勃った自身に触れた。大きな手が、長い指が彼自身に絡む。じゅく、じゅく、と音を立てながら彼は欲望を扱《しご》き、それはたちまち、限界まで大きく育つ。

「……っ、……」

思わず固唾を呑んでしまったのを、雪凜は堪《こら》えた。奴隷が自慰をするのを見て、昂奮するなど王子の振る舞いではない——同時に、自分はもう王子ではない。ひとりの男として、歐芳に向き合うのだという思いが、なぜか快楽のように体を貫いた。

「雪凜、さま……」

歐芳がささやく。彼の手は、溢れ出した淫液に濡れている。ぽたぽたと落ちる、それを味わってみたい衝動に駆られながら、掠れた声で雪凜は言った。

「達け……」

同時に、歐芳が眉根《まゆね》に皺《しわ》を刻んだ。雪凜は目を見開いて、目の前に白濁が模様を描くのを見た。

「あ、……、っ、……、っ、……」

歐芳が放った濃い淫液が、雪凜の鼻先にかかった。ぴちゃ、という音とともに雪凜は驚いて目を丸くし、歐芳が慌てて顔を寄せてくるのがわかった。

「申し訳……！」

彼はそう言って、雪凜の鼻先を舌でなぞる。歐芳が眉根を寄せたのは、自分の淫液が不味《まず》かったからだろう。雪凜は笑い、腕を伸ばして彼を抱きしめた。

「雪凜さま……！」

「私にも、味わわせろ……？」

雪凜は、歐芳にくちづけた。彼は驚いているようだったけれど、伝わってくる苦い味が、なによりの美味に感じられた。

「おまえの、味だな……」

「雪凜さま……、そのような、こと」

「なにを、今さら」

笑って、雪凜はなにもまとっていない体を開いた。足を拡げ、すでに勃起している自身、そしてその奥、男を突き入れられて悦ぶ秘所までもが、歐芳に見えるように腰をあげた。

「雪凜、さ、ま……」

「ここで、幾度もおまえを味わったではないか。おまえは、私がおかしくなるまで抱いてくれただろう？　それとも、もうあれはなしだと言うか」

「そのような、ことは……！」

惹かれるように、歐芳は雪凜に近寄った。彼は自分の淫液で濡れた唇を、押しつけてくる。それはまた違った奇妙な味がして、その感覚が雪凜を追い立てる。心の臓がどくどくと鳴り、この先の行為を期待せずにはいられなくなる。

「おう、ほう……、……」

くちづけたまま、彼の名をささやいた。腕を伸ばす。その逞しい裸体を、抱きしめる。

「私も、限界だ。許す……私に、触れろ」

「お許しいただけるのですか」

はっ、と歐芳は、熱い息を吐いた。改めてくちづけられて、それは舌を絡ませあう深いものになる。ぴちゃ、ぴちゃ、と舌が絡まり、唾液をわけあって味わい合う。その味もまた、雪凜を追い立てた。

「あ、は……、っ、……、っ、……」

「ん……、っ、……」

洩れる声もが、刺激になった。雪凜は彼に身を擦りつけて、粟立《あわだ》つ肌の感覚を知らしめようとする。

「もっと……もっとだ。触れろ。私を、抱け」

「雪凜さま」

まるでそれを許されたことが、意外であるかのように歐芳は目を見開いた。雪凜は小さく笑って、自分からくちづける。彼に肌を擦りつけて、下肢をも押しつけて、自分の状況を知らしめようとする。

「ほら……おまえに、してやられた。おまえが、悪いんだ」

く。

歐芳は、さらに大きく息を呑んだ。そんな彼に呼気で笑い、雪隣は腕を伸ばして縋りつ
「私が許すのは……、なにもかもを許すのは、おまえだけだ」

雪凜の言葉に歐芳は、はっとしたようだった。

「おまえだけだ」

「私が悪いのならば。……私が、責任を取って差しあげなくては」

掠れた声で、歐芳は答えた。

「は、い……」


「このうえない名誉と思えよ？　この、私が……許すなど。希有《けう》なことなのだからな」

「私以外には、お許しになりませんように」

どこか、縛りつけてくる口調で歐芳は言った。

「あなたのすべては、私のもの」

「おまえのなにもかもも、私のものだ」

そう言った唇が、触れ合う。重ねるだけのくちづけ、そこから舌を絡めての、唾液を絡ませる接吻《せっぷん》へ。歐芳は雪凜の、洗ったばかりの艶やかな肌を撫で、ため息をつきながら後ろに手を沿わせる。

「あ、……、ッ、……、っ、……！」

それが丸い双丘の奥、すでに挿れられるものを求めてひくついている秘所に、気づかないはずがなかった。

そこに指を、そして彼自身を突き立てられることを想像するだけで、ぞくぞくする。歐芳に身を預けながら、雪凜は身を捩らせた。

「……欲しい？」

歐芳が、どこか蓮《はす》っ葉《ぱ》な口調でそう訊《き》いた。王子に、そのような口を利くなんて。そうは思ったものの、しかし雪凜は、もう王子ではなかった。今の雪凜は、歐芳に褒美として与えられた下賜品だった。

「その、表情」

さもおかしげに、歐芳が笑った。

「自分が下げ渡されたことを、考えていらっしゃるんでしょう？　このようなはずではなかった、って」

「……おまえが、それだけの働きをしたのは確かだからな」

言って雪凜は、歐芳の右目の眼帯にくちづける。固い革の感覚は、彼の失ったものを感じさせて胸がせつなく鳴った。

「姉上とて、どれほど誉《ほ》めそやしこそすれ、おまえを賛辞しない理由などなかった。そのおまえが望むのが、私だとは……」

「私の望みは、雪凜さまでしかありませんでした」

その言葉と同時に、雪凜はひっと声をあげた。歐芳の長い指が、双丘を割ったのだ。その中に潜む、震える蕾《つぼみ》に触れられて、雪凜は大きく背を反らせた。

「はじめて、お目にかかったときから。私は、雪凜さまだけを求めていた……このかたを手に入れることができたら、命を賭《と》しても構わないと思っていた……」

「命を投げ出したも、同然ではないか」

なおも彼の眼帯に舌を這わせながら、雪凜は呻《うめ》いた。

「このように……目を失って。それがどれほどのことか、私とてわかっている」

「雪凜さまは、おわかりにならなくていいのです」

歐芳の言葉に、少しばかりむっとした。雪凜が目をつりあげて彼を見ると、歐芳はふっと、小さく笑った。

「ああ、……そのお顔だ。私を魅了して、離さない」

「悪趣味だな」

普通は、笑顔を愛《め》でるものだろう。こんな膨れっ面が好きだなんて。

「ええ……そうかもしれません」

歐芳がそう言ったので、ますます強く睨《にら》んでやった。

「ですが私は、あなたのすべてに魅了されていますから」

「あ……、っ、……！」

指が、挿ってくる。つぷり、とすでに期待に潤んだ秘所が、一本に押し破られる。はっ、と呑んだ息と同時に指は深くを探り、第二関節までを埋め込んだところにある凝りに触れた。

「あ、あ……ああ、あっ、……あ！」

「ここは、相変わらず感じやすくていらっしゃる」

「あ、たりまえ……だ……っ……」

震える声を噛み殺しながら、雪凜は呻いた。

「ここ、が……感じない……男が、いるか」

「あいにく、私は雪凜さましか存じませんので」

いけしゃあしゃあとそのようなことを言う男を、精いっぱいの力で睨む。しかし彼はこたえた様子もなく、薄く笑みさえ浮かべて、さらに雪凜を追い立てるのだ。

「あなたが、私のすべて……、唯一にして、絶対」

「な、らば」

荒い呼気とともに、雪凜は声をあげた。

「知っているだろう……？　私が、なにを求めているか」

「……ええ」

後ろをいじられることで、力をなくしつつある脚を懸命に立てた。そのまま歐芳を突き倒し、その下肢を跨《また》いで四肢で立つ。

「おまえの思うがままになど、なるか」

歐芳に騎乗し、背を反らせて雪凜は言った。

「おまえは、私のもの……私の言うがままに啼いて、声をあげればいい」

「御意」

いきなり取らされた体勢に、歐芳は驚いていたようだったけれど、すぐに表情を臣下のそれに変え、雪凜に応じてみせた。

「……小憎らしい」

吐き捨てるようにそう言って、雪凜は上半身を伏せる。目の前にはそそり勃つ歐芳の淫欲があった。先端からたらたらと蜜をこぼしているそれをくわえると、彼が焦った声をあげた。

「雪凜、さ、ま……！」

「うるさい」

　彼自身を口に含み、しきりに上下させる。口をすぼめて吸い、軽く歯を立て、その痕《あと》を癒《い》やすように舐める。ぴちゃぴちゃと音がして、それもが雪凜を煽った。自分が今から受け入れるものを、自分で育てている。その背徳にまるで酔ったようになって、なおも雪凜は指と舌を動かし続けた。

「ん、ぁ……、っ、……、っ……」

　彼自身が、少しずつ育っていく。その感覚に、雪凜は酔った。味わう淫液は奇妙に美味で、自分の体を流れる血が、少しずつ温度をあげていく。それは脳裏に流れ込み、やがてなにも考えられなくなってしまう。

「っ……、ん、……、ッ……、ん、ん……」

「雪凜、さま」

　掠れた声で、歐芳が呼ぶ。それを無視してなおも愛撫を続けていると、いきなり髪を引っ張られた。

「なにを……、無礼な！」

「そのままでは、まずいです」

いささか焦燥したかのように歐芳が言ったので、察した雪凜は口腔に力を込めた。

「こら……！」

気づけば雪凜は、歐芳の下肢の上に座っている。先ほどまでさんざん愛撫した彼自身はてらてらと光り、あまりにも淫猥《いんわい》に勃起していた。

「どうせなら、あなたの中で」

せっついた声で、歐芳は言う。彼は雪凜の両手を引き、すると腰が持ちあがった。開き、くわえるものを欲しがっている秘所に怒張の先端が押しつけられて、雪凜は大きく息をついた。

「……達かせて、ください」

「ふん……」

そっと手を後ろに添えて、熱すぎる欲望を招く。閉じた秘所は、最初侵入を拒んだ。それでもゆっくりと、垂れ流れる淫液を塗り込めながら進めると、それがちゅくりと音を立てて、挿ってきた。

「あ……、っ……、ああ、あ……、っ、……、っ……」

「……っ、ん、……、っ……」

ふたりの声が混ざる。湯気で湿った浴室の中、声は奇妙な具合に響いて、雪凜を昂奮させる。

「はぁ、……あ、あ……、っ、……、ん、……、っ……」

そこはすっかり濡れていて、男の侵入を容易にした。ぐちゅ、と音がして、欲芯《よくしん》が深いところにまで挿る。そこは先ほど指でいじられた感じる箇所で、今では腫れてますます敏感になっていた。

「いぁ、ああ……そ、こ……、っ、……！」

「ここ、でしょう？」

下から雪凜を突きあげる男は、その感じる部分などお見通しだとでもいわんばかりに、がつがつと腰を突いてきた。

その衝撃は激しく、いきなりのことに耐えがたく、雪凜は身悶《みもだ》えた。しかし歐芳の手は雪凜の腰をしっかりと握っていて、逃げることはできない。

「ひぃ、……、っ、あ、あ……、ああ、あ……！」

「ここ、ぴくぴくしてる」

嬉しそうに、歐芳が言った。

「私を、感じてくれているのですね？　私で、気持ちいいと……」

「や、ぁ……う、……ちが、……、う……っ……」

「違わないくせに」

雪凜の体の反応など、お見通しである歐芳は、ためらわずにそう言った。そしてなおも突きあげを激しくし、雪凜の体の中、秘めた襞を押し拡げ、敏感な神経を刺激し、奥へ奥へと進んでいく。

「や、め……、っ、……っあ、あ……ああ、あ！」

「本当に、やめてほしいなんて……」

くすり、と歐芳が笑った気がした。雪凜は、唇を噛む。彼の腹筋に手を置いて、きゅっと接合部分に力を込める。

「雪凜さま……！」

「おまえだけに愉しませるのは、癪《しゃく》だ」

そうつぶやいて、雪凜は自ら腰を振り始める。上下に擦ると挿り口の襞が擦れて、どうしようもない快楽になった。深くまで突くと、全身に響く衝動がある。

「いぁ、あ……ああ、あ……、っ、……あ、あ、あ！」

「く、……っ、……、ん、……、っ……」

ふたりの声が、絡み合う。吸い寄せられるようにふたりの唇は重なり、繋がった部分以上に大胆に、淫らに、くちづけを交わす。

「あ、は……、っ、……っ、……っ！」

「んっ……ん、……、っ……」

互いに名を呼び合う。舌を舐め合い、くちづけ合い、舌を絡めて唾液を啜る。二箇所で深く重なって、その充足にため息が洩れた。

「せつ、り……、っ……」

呼びかけてくる歐芳の声が、途切れ途切れに聞こえる。同時に雪凜は、自重で彼を最奥にまで招いてしまったことに気づき、指先までに広がる愉悦、あまりの快楽、痙攣《けいれん》に身を委ねた。

「あ、あ……あ、っ、……っ、……っ、……！」

雪凜の体は、どくりと跳ねた。しかし吐き出すものはなかった。まるで女のように、放出することなく達したこと——それに羞恥を誘われて、しかしそれさえもが心地いいのはなぜなのだろうか。

「達きましたね、雪凜さま……」

「っあ、あ……ああ、あ……、ッ、……」

「出さなくても、達けるなんて。……かわいらしい」

「か、わいい……とか、言う、な……っ、……」

せめてもの反論に、しかし歐芳は、まるではじめてのことができた子供を見るような目をしているのだ。

「……っ、……あ、あ……」

その余裕が憎らしい。雪凜は、震える体を起こした。歐芳をくわえ込んだ秘所に力を込めて、腰を揺らして抜き差しを繰り返す。

「せつ、り……、っ、……！」

「おまえも、同じ目を味わってみろ」

途切れ途切れの声で、雪凜は毒づく。

「私、みたいに……、私で、快楽を感じてみろ……」

「快楽なら、もう感じています」

彼の手が、雪凜の臀《しり》にかかる。ぐいと押し拡げられ、突きあげられると、最奥だと思っていた、さらに奥に怒張が届いた。敏感すぎるそこを抉られて、突かれて擦られ、あまりの愉悦に涙が溢れたのが感じられた。

「や、ぁ……、っ、……、っ、……」

「泣くほど、辛《つら》いんですか？」

歐芳の手が伸びてくる。頬を擦られ、自分が涙を流していることに気がついた。

「それとも……悦《い》い？」

「ばか……、っ、……！」

それでも涙は止まらない。雪凜は泣きながら犯され、突きあげられては啼き、声を嗄らして快感のほどを伝えた。

「も、……、う……、ッ、……、っ、……」

わななく声で、雪凜は訴える。

「こ、れ……、……いじょ……っ……！」

「まだ」

精いっぱいの雪凜の願いに、しかし歐芳はいっそ涼しい顔をして言うのだ。

「まだ、あなたを味わっていない……もっと、深く。もっと、あなたを」

「や、ぁ……、っ、……、っ、……」

歐芳の腹につく手が、震え始める。繋がった部分だけで支えられている体勢はあまりにも不安定で、その不均衡さが新たな快楽を生むのだ。

「雪凜さま」

ふいに、歐芳がはっきりとした口調で言った。

「腕を、こちらに。そう……そのまま、体の力を抜いて」

「お、う……ほ……、う……？」

あ、と思う間もなく、雪凜は温かい床板の上に背をつけていた。見あげると、欲のしたたる歐芳の顔がある。繋がったまま体位を変えられてしまったことに悔しさが湧きあがるけれど、同時に強く突きあげられ、今までになかった快楽が生まれてまた喘ぐことになる。

「こうやって、あなたの顔を見るのもいい……」

うっとりとした口調で、歐芳が言った。

「艶めかしい、お顔です……私を、どこまでも誘ってくれる……」

「な、にを……、っ、……、っ、……！」

ひくり、と腰を跳ねあげながら、雪凜は彼の攻めに耐える。そうやってすら感じるのはまごうかたなき快楽で、手放したくないと願っているのは雪凜も同じなのだ。

「雪凜さま……」

それでも、切羽詰まった調子で歐芳がささやいた。

「達……き、ますよ……、あなたの、中」

「あ、あ……ああ、あ……、っ、……、っ、……」

「ぶちまけて……、あなたが誰のものなのか、しっかりと教えて差しあげます」

「い、ぁ……、ぁ、……ああ、あ……、ッ、……！」

腰を強く掴まれた。ひと息に、抜き出される。はっ、と息をつく間もなく、内壁を乱暴に擦りあげながらの抽挿があって、あまりの快感に雪凜が啼けば、それを煽るようにまた抜き差しされる。

「おう、……ほ……う、……、っ、……、っ……！」

「雪凜さま」

その声は、奇妙にはっきりと、頭の中に響いた。同時に、体の奥に放たれた熱すぎる粘液——それに追い立てられて雪凜も力ない射精をし、ふたりの腹の間を濡らした。

「あ、は……、っ、……、っ、……」

「ん、っ、……、ん……」

声と、唇が絡む。いきなり舌の挿ってくる深いくちづけをされ、雪凜はしきりに胸を喘がせた。

「あ、あ……、っ、……、っ、……」

「雪凜さま」

くちづけたまま、歐芳がささやく。

「あなたは、私のものになった」

掠れて乱れていたけれど、それは満足げな宣言だった。

「こうやって……私に、抱かれて。喘ぐあなたを見るのは……」

「おまえが、私のものなのだ」

駄々を捏《こ》ねる子供のように言う雪凜に、歐芳は困ったような、微笑ましいといったような表情をした。

「おまえは、一生私のもの……どこに行くにおいても、私のそばから離れることは、許さない」

「御意」

言って、歐芳は改めてくちづけてきた。それは甘く、柔らかく、あれほど激しい情交のあとのものだとは信じられない、まるで誓いのくちづけだった。


自分はもう王子ではない、と雪凜は言った。

「王子の身分は、剝奪《はくだつ》された。私もおまえと同じ、市井《しせい》の者だ」

ふたりは、砂埃《すなぼこり》の舞う道を歩いていた。呉服屋、玩具《おもちゃ》屋、楽器店に、香を売る店。魚に豚肉、馬肉に牛肉。目移りするほどさまざまなものが並んでいる市の道を、雪凜と歐芳は歩いていた。

「さて……この先、どうやって生きるかな」

「雪凜さまが、市井でなどと。私には、想像がつきませんが」

「しかし、もう身分はないんだ。なにがしかの職に就かなければ、食べていくことさえできないだろう？」

「それは、そうですが」

とはいえ雪凜は、着の身着のまま王宮から追い出されたわけではない。住む場所も、一生かかっても使い切れないほどの財産も与えられた。それでなお、市井に混ざろうという雪凜の意気を歐芳は止めるべきなのか否か。

「ですが、雪凜さま。いったいなにをなさるというのですか？」

「こういう場合は、私塾を構えるのがいいと、聞いたが」

「……雪凜さまに、子供の相手ができるのですか？」

歐芳がそう尋ねたのに、雪凜は、うっと言葉を失った。

「おとなしい子供なら」

「子供というものはたいてい、うるさくてやかましくて、いたずらばかりしているものです。そんな中で、書の手ほどきができるとは思いませんが」

「では、商売人はどうだ」

雪凜は立ち止まり、指を差した。

「ほら、あれなら私にもできるのではないか」

その指の先には、反物が揺れている。呉服を仕立てる前の布地屋といったところだけれど、雪凜がなぜ布地屋をして「勤まる」と思ったのか、歐芳にはわからなかった。

「なんにせよ」

こほん、と歐芳は咳払《せきばら》いをした。

「雪凜さまに、商売人が勤まるとは思えません。もっと、建設的にものごとを考えてください」

歐芳の言葉に、雪凜は笑った。

「おまえが、導いてくれるんだろう？　おまえが私を、奪ったのだからな」

そう言っていたずらめいた笑みを浮かべる雪凜を前に、歐芳は今さらながらに、自分の望みの大きさに驚くのだ。自分はなんと大胆だったのかと、呆れるのだ。

「李燕のところに行こう」

雪凜は、手を伸ばしてきた。歐芳の手を摑み、ぎゅっと引っ張る。

「せ、雪凜さま！」

「あやつか、慧敏なら、いい考えを持っているかもしれない」

そう言って歩き出した雪凜の足取りは、今までになく軽かった。王子として生まれ、仕えられ傅《かしず》かれ、しかしこれからは、違う生活が待っている。

それを楽しみにしているらしい彼は、まるで子供のようだった。

終章　四人での交わり

ぺちゃ、くちゅ、と、濡れた音がする。

まるで水を飲む動物が立てているような音は、絶え間なく続いた。

「……李燕さま」

その音に、戸惑いの声が絡む。それは遮る声だったのかもしれないけれど、李燕は構わなかった。なおも舌を出して、ぺちゃぺちゃと舐め続ける。

「痛く、ない？」

そうつぶやくと、慧敏がそっと首を左右に振る。李燕は微笑んで、舐めていたところにくちづける。きゅっと吸いあげると、慧敏が微かに眉をひそめた。

「……こうすると、痛い？」

「痛くはありません」

「本当に？」

ええ、と慧敏がうなずく。

「でも、ここ……あのときは、ひどい傷になってたじゃないか」

「別に、事故だ刀傷だというわけでは、ありませんでしたからね」

どこか冷ややかな口調は、慧敏のいつもの話しかただ。それでも李燕は、不安になって慧敏を見あげた。

その紅い瞳は細められて、李燕を見つめている。そのまなざしが、いつもの彼になく優しげなものだったので、李燕はほっとした。

「女蝪《じょじょう》は、私に情けをくれたようです。あのときは確かに痛みましたが、今はもう」

「……本当？」

「なぜ、そんなに疑うんですか」

呆れたように、慧敏が言う。安堵《あんど》していたのも束《つか》の間、それに李燕は新たな不安を覚え彼を見つめる。慧敏は、そんな李燕を見つめていた。

「ですが、李燕さまの舌は心地いい」

目を細めたまま、慧敏がそう言ったことに、李燕は瞳を輝かせる。

「こうやって……舐めていただけたら、傷が完全に癒えると思います」

「そう言ってくれて、嬉しい」

李燕は、自分の唇を舐めた。慧敏がそれに目を留めたのがわかる。慧敏の細めた目には色香が漂い、それを見た李燕は、思わず息を呑む。

「……もっと？」

少し掠れた声でそう問うと、慧敏はうなずいた。彼の仕草がどこかはにかんだもののようだったのは、気のせいだろうか。

「ん……、……」

再び李燕は、舌を出した。袖をめくった慧敏の右腕の付け根、今はない腕の、傷痕に舌を押し当てる。

「っ、……ん、……、ッ、……」

自分の唾液で濡れたそこを、舐めあげる。また、動物の舌の立てるような音がした。それに自ら酔いながら、李燕は舌を使った。

「……ん、ん……、っ、……、ん……」

血の味が、滲んでくるような気がする。慧敏が腕を失ったのはずっと以前のことで、傷は塞がっているし痛みももうないという。それでも彼の流した血の味、痛みの味が伝わってくるような気がして、李燕は執拗なほどに、舌を動かす。

「李燕、さま……」

掠れた声で、慧敏がささやく。それがたまらなく艶めかしくて、李燕のつま先にまでぞくぞくとしたものが走る。耐えがたいまでの快感を味わいながら、李燕は舌を動かし続けた。

「慧敏……、……慧敏」

舌を使いながら、声をあげる。最初は微かだった声が、だんだんと大きくなっていった。同時に体の中心を貫く感覚が大きくなって、李燕は大きく震えた。

「あ、……、っ、……あ、あ……!」

ぶるり、と身がわななく。一瞬走った激しい感覚は、なんだったのか。李燕は舌を使うことを忘れて、大きく目を見開いた。

「まったく、あなたは」

慧敏は、息をついた。李燕は口を開き舌を出したまま、息をつきながら彼を見あげた。

「舐めただけで、達ってしまったのですか……?」

「達っ……、……?」

驚いて、李燕は目を見開いた。胸に手を当てる。心臓がどきどきしているのがわかる。
そっと自分の体に手を沿わせて、ひくひくと震えている下肢に気がつく。

「こ、れ……っ、……」

「仕方のないおかたですね」

慧敏は、微笑んだ。今までの戸惑った様子などなかったかのように、いつもの彼の薄笑みだ。それに再び李燕は身を震わせて、そんな彼に慧敏はまた笑った。

「そのお体を、穢されないと気が済まないと……？　そのように敏感なお体を、私の前に晒して平気だと？」

「慧敏……？」

彼が、左腕を伸ばしてくる。片方の腕だけで抱きしめられ、彼に右腕がない理由を愛《いと》おしい宝石のように味わいながら、李燕は彼に身を委ねる。

「……あ、……？」

そのまま押し倒されて、抱かれるのだと思ったのに。それを期待したのに。しかし慧敏は、左腕に李燕を抱いたまま、じっと視線をかたわらに向けている。

「なに……？」

李燕は上体だけで振り向いて、そこに兄の姿を見た。思わずその名をつぶやいて、彼がにやりと微笑むのを目にする。

「雪凜兄上……」

そしてそこにある影が、ひとつだけではないと知る。雪凜の後ろ、彼に沿うように寄り添っている者は、右目に黒い眼帯をかけていた。

「歐芳」

ここは李燕に与えられた房屋《いえ》で、憚《はばか》ることはないとはいえ、いきなりの訪問者に戸惑いがないわけがない。同時に自分の声が掠れていることを恥ずかしく思いながら、李燕は彼らに呼びかけた。

雪凜は迷うことなく李燕の房室に入ってきたけれど、歐芳は見張りに立つかのように、片方の目を鋭く光らせて入り口に立っている。

「まだ、陽が高いぞ」

からかうように、雪凜が言った。

「このような時間から、そのようなところを見せつけるのか？　目の毒だぞ」

「雪凜兄上、なぜここを？」

「なに、おまえを訪ねてきたのだが」

雪凜は、臥台の端に座った。ぎしっと音がして、三人の距離が近くなる。

「李燕、こちらを向け」

慧敏は李燕を守るように、左腕で彼を抱きしめている。雪凜は手を伸ばし、李燕の顎をつかまえる。

「濡れているな……？」

「な、っ……、……！」

「唇のことだぞ？」

そう言った雪凜を前に、李燕は、かっと頬を熱くする。雪凜はくすりと笑って、顔を寄せてきた。

「あに、う……、え……っ、……」

雪凜の笑いの吐息が、李燕の唇に触れる。くちづけられた、という感覚は、驚きとともに李燕の中に沁み込んでくる。

「ん、……、っ、……っ……」

慧敏の、李燕を抱きしめる腕が強くなった。体は慧敏に、唇は雪凜に奪われて、李燕の動揺は大きくなる。

「ふぁ……、兄上……、っ……！」

「いい反応を見せるではないか」

唇を重ねたまま、くすくすと雪凜が笑った。

「なぁ、慧敏？　このような李燕を見て、おまえも黙ってはいられないだろう？」

「ええ」

慧敏が、低い声で言った。その口調があまりにも艶めかしくて、李燕の背にはぞくりとしたものが走る。

「雪凜さまにおかれては、無茶なことをなさる」

「無茶？」

楽しそうに、雪凜は言った。

「そうは言うが、李燕は愉しんでいるようだぞ？」

「ん、な……、ぁ……、っ……！」

雪凜の、冷たい手が伸びてくる。衣服の合わせ目に指が入ってきて、どきりとした。そんな李燕の心臓の位置を探ろうというように、指がうごめく。

「私は、愛おしい弟を、かわいがってやろうというだけだ……それが、いけないことか？」

「や、っ……、兄上……！」

「おまえが、あまりに色めいた様子を見せるからな」

そう言った雪凜は、唇を舐める。李燕は息を呑んだ。抱きしめる慧敏の腕が、微かに震えている。

「私にも、おまえを味わわせろ……。慧敏だけに独り占めさせておくのは、もったいないだろうが……」

「雪凜さま……」

呻くように言ったのは、慧敏だ。雪凜が微笑む。慧敏が呻いた意味がわからなくて、李燕はその胸に縋った。視線だけで彼を見あげると、どこか——嫉妬《しっと》めいた色があったのは、気のせいだっただろうか。

「ふふ」

雪凜は笑って、くちづけの角度を変える。濡れた唇を押しつける深いくちづけをされて、李燕の頭はくらくらとした。兄の唇を受けることなど、考えてもみなかったので。

「こちらに来い、李燕」

熱い舌で李燕の唇を舐めあげながら、雪凜はささやいた。

「おまえを、抱かせろ。おまえの味が、私は知りたい……」

どこか、浮かされたような雪凜の言葉に、慧敏が低く呻く。今はもう王子ではないとはいえ、慧敏にとっては上つ者なのだ。その言うことに逆らいたくとも、逆らえない——ゆえの、苦悶《くもん》の声なのだろう。

「なぁ、李燕。おまえも、私を味わってみたいだろう？　試してみたいのではないか？」

「そ、んな……、こ、と……」

「おまえが、そのような顔を見せるとは思わなかった……もっと、見せろ。抱かせろ……。兄の言うことが、おまえは聞けないのか？」

掠れた声で、雪凜はささやく。その声が肌に絡みついて、李燕は大きく身を振るった。

「李燕……」

雪凜が腕を伸ばす。李燕の体を、慧敏から奪う。その気になれば慧敏には、雪凜の腕など遮るだけの力があるだろう。しかし精神的な側面から雪凜に逆らえず、李燕の体から腕を緩めてしまう。

「や、……っ、……、慧敏……！」

李燕の身は、雪凜の腕の中に堕ちた。間近に、雪凜の端整な顔があって、その艶めかしさに李燕は息を呑んだ。そんな彼の心中に気づいているのか、雪凜はますます色めいた顔をして、笑う。

「心配するな、慧敏は……見ていてくれるだろう？」

雪凜の手が、李燕の衣の釦《ボタン》を外す。襟がめくれて肌が露出する。李燕は、はっと呼気を吐いた。

「おまえが、兄に抱かれるところを見てもらえ。おまえは、また違う反応を見せるだろうから」

「や、ぁ……、っ、あ、あにうえ……、っ……」

李燕の襟もとをめくった雪凜の手が、中に入ってくる。肌に直接触れられて、李燕はひくりと体を震わせた。

「ひぁ、あ……あ……あ!」

ひときわ高く、李燕が声をあげたとき。

「雪凜さま、いたずらはそこまでになさいませ」

声がかかった。李燕は、はっとそちらを見、それが雪凜の従者である歐芳の声であると気がついた。

「歐芳、無粋だな」

「そのようなことをおっしゃって。本当は、李燕さまを抱く気などおありにならないくせに」

李燕は、息をついた。雪凜の手の力が緩んだ隙《すき》に、李燕は慧敏の腕の中に舞い戻った。慧敏の体に縋る。すると抱きしめてきた慧敏の腕の強さに、彼もまた雪凜のいたずらに逆らえないながらも腹立たしく思っていたのだということがわかる。

「なにを言うか。かわいい弟を、味わってみたいのだ……邪魔を、するな」

「それなら、私で我慢なさいませ」

歐芳が、手を伸ばす。彼の腕は易々と雪凜を抱き取って、強く抱きしめてきた。

彼の腕の中で、ほっとする。李燕のついた呼気に混ざったのは、雪凜の掠れた吐息だった。


歐芳、と雪凜は声をあげた。

「な、にを……、……離せ！」

「いいえ、離しません」

雪凜は、歐芳をはねのけようとした。しかし体にまわった彼の手は強くて、逆らえない。

「や、ぁ……、っ、……、……！」

大きな臥台の上に四つん這いになった恰好の雪凜は、後ろから歐芳に抱きしめられる。引き寄せられて、苦情を申し述べようとした唇を塞がれてしまう。

「ん、ん……、っ、……、っ、……」

いきなり深く、唇を押し当てられて息が止まる。舌が入ってきて、唇を舐められる。歯列を、歯茎を舐めあげられて、ぞくぞくとしたものが全身を走る。

「あ、ふ……、っ、……、……、ッ……」

同時に歐芳の手が背を這って、衣越しに感じる部分を撫でてくる。それにまたたまらない感覚を味わわされ、雪凜はあえかな声をあげた。

「ほら」

歐芳の指が、背中を辿る。布越しなのにその感覚ははっきりと感じられて、雪凜は目を見開いて喘ぐ。

「こんなに、感じやすいのに？」

雪凜の口を開けさせ、中に舌を突き込んでくる。敏感な部分をぐるりと刺激され、雪凜の声はますます震えた。

「触れられて、これほどに感じるのに。あなたが李燕さまを抱こうとするなんて、お笑いぐさだ」

「な、に……、を……、っ、……！」

侮られて雪凜はもがいたけれど、体を抱きしめられて撫であげられて、ひくっと咽喉が震える。そんな雪凜の反応を、封じ込めてしまおうとでもいうように、歐芳の腕は雪凜の体を抱き直した。

「あなたは、私に抱かれて喘いでいればいいんです」

彼の指が、衣服の釦を外す。そこに手を差し入れられて、冷たい感覚に雪凜はくらくらした。

「ほら、もう……肌が、粟立っている」

「や、ぁ……、っ、……、っ……」

雪凜は身悶えし、その体を歐芳が抱きしめる。痛いほどの力は、彼のどんな感情を示しているのだろうか。戯れにとはいえ李燕に触れたことが、それほどに歐芳の気に障ったのだろうか。

「して、ほしいのでしょう？」

歐芳がささやく。その声が口腔の敏感な粘膜に、そして体中に広がる。それは雪凜の下肢にまで伝いきて、びりびりと痺れる感覚が貫いた。はっ、と彼は大きく胸を上下させた。

「ん、……、や、ぁ……」

息ができない。歐芳の胸に手を置いて、彼を押しのける。唇がわかたれて、触れた空気の冷たさにさみしさを感じたけれど、それを堪えて雪凜は、歐芳を睨みつけた。

「戯れを、言うな……」

「ここをこんなにしておいて、なにを」

歐芳の手は、雪凜の体の上を這う。そっと両脚の間に触れられて、そこがすでに硬く力を持っていることに気づかされる。

「この程度で、こんなに反応なさって。もう、私が欲しくて……たまらないでしょう？」

「な、にを……、……歐芳！」

彼の手が、雪凜の体をなぞる。その手は釦を外し結び目をほどき、たちまち雪凜の衣の前をほどき、湿った肌を晒す恰好にさせてしまう。

「や、ぁ……、っ、……、っ、……！」

「今さら、いや、など」

歐芳は、くすくすと笑った。

「あなたは、これほどに悦んでいるのに……？　もっと、見せて」

「あ、っ……、っ、……っあ……！」

褲子の腰紐を解かれて、下着ごと引き下ろされて。隠すもののなくなった雪凜の体を、歐芳は撫でた。

「ひ、ぃ……あ、あ……、っ、……、……」

彼が、顔を伏せて舌を出す。熱くぬめるものが胸の尖りを舐めあげ、くわえては、吸う。その衝撃に、雪凜の声が立て続けに洩れた。

上目遣いに雪凜を見つめながら、歐芳の手は体の形をなぞる。それが焦らすことなく、勃ちあがった雪凜自身に触れたのは、彼もまた余裕をなくしていたからかもしれない。

「いぁ、あ……ああ、あ……、っ、……っ、……！」

乳首を吸われながら、自身を摑まれ扱かれる。それは何度経験してもたまらない刺激を雪凜に与え、歐芳は跳ねる雪凜の体を押さえつけて、走る刺激をさらに濃くした。

「んぁ、あ……、ん、……、ッ、……、ん！」

「雪凜さま、そのようなお声をあげて」

ふふ、と歐芳が愉しげに笑った。

「お忘れですか……？　そこに、弟ぎみがいらっしゃること」

雪凜は、はっと目を見開いた。振り返った目に映ったのは、慧敏の体に縋りつき、背を反らせる李燕の姿。耳に届いたのは、そんな李燕があげる嬌声《きょうせい》だった。

「りえ、ん……、も、……？」

「ええ。あなたと、一緒ですね」

なおも歐芳は、くすくすと笑う。

「雪凜さま……弟ぎみよりも、麗しいお姿を見せてください」

先端から透明な蜜をこぼす、雪凜の欲望を擦りあげながら歐芳が言った。いったんは目に留めた弟のさまを、しかしいつまでも見つめてはいられなかった。迫りあがる欲望は雪凜を苛《さいな》んで、すぐに歐芳の手業しか感じられなくなってしまったからだ。

「あなたの姿……、声。なにもかもが、私を魅了する……」

「っあ、あ……ん、……、っ、……ん、ん、っ！」

ひときわ強く、擦りあげられた。雪凜は体を強く反らして、体中を走り抜ける衝動を堪える。どく、どくと体の奥で熱いものが波打った。その衝動に身を任せたとたん、凄《すさ》まじい快感が体中を貫いた。

「……い、ぁ……ぁ……、っ……、っ、あ、あ、ああ、っ……！」

はぁ、はぁ、と荒い息を吐く雪凜は、自分の体になにが起こったのかすぐに理解することができなかった。歐芳の手によって絶頂を迎えるのははじめてではないけれど、今まで感じたことのない、あまりにも強烈な感覚だった。

「弟ぎみに煽られて、感じましたか……？」

滲む雪凜の視界の中で、歐芳が手を舐めている。指の間からしたたるのは白濁した淫液で、それは自分の放ったものなのだと、理解するのに時間がかかった。

「このように、あなたを抱くことになるとは思いませんでしたが」

自分の口のまわりを舐める姿が、あまりにも艶めかしかった。雪凜はその姿に見入り、何度もまばたきをした目からは、涙がこぼれ落ちた。

「あなたのいたずら心は、なかなかに興味深いものでしたが……雪凜さまは、やはりこうやって私に抱かれているのが似合う」

「っあ……、ああ……っ、……、っ……」

「こちら、ですよ」

歐芳の手が、雪凜を抱き寄せる。もどかしくまとわりつく、中途半端に脱げた衣をまとったまま、両脚を拡げさせられる。

「ほら……ここも、濡れている。潤んで、私を待っている……」

「お、ま……え……、っ、……！」

雪凜は、掠れた声をあげる。

「私を、あなど、って……、っ、……！」

「侮ってなど、おりませんよ」

短くそう言った歐芳は、顔を伏せる。彼は雪凜の、いまだ勃起したままの欲望に舌を這わせ、そのぬめりをすべらせて、蜜嚢《みつのう》を、足の付け根を舐めあげた。

「ひぁ……、ああ、……ああ、ん……、っ……」

熱い舌がうごめく感覚は、先ほど貫いた強烈な快楽ほどではない。だからこそ雪凜は感じ、喘ぎ、跳ねる体は歐芳に押さえ込まれて、それにまた感じた。

「ん……、ッ、……ん、んっ、……あ、あ……、っ……！」

歐芳の舌は、双丘の秘められたところにまですべり込む。そこをくすぐられ、舌先で感じる襞を伸ばされ、先端を突き込まれて、雪凜は声をあげる。

「あ、あ……っ、あ……ん、ん……、っ、……、……！」

その刺激はあまりにも激しくて、それでいてもっと、もっとと体が欲しがっているのがわかる。血脈が、熱く高まっていくのを感じる。そんな衝動の中、雪凜は手を伸ばし、歐芳の髪に触れた。

「は、や……、く……、っ……」

途切れ途切れの声で、雪凜は喘いだ。

「早く……、っ、……、っ……」

「……早く、なにを？」

くちゅり、と秘所を舐めあげながら、歐芳が言った。ああ、と焦れったい思いで、雪凜は咽喉を震わせる。

「っあ、あ……、……は、や……、く……おま、え……を……」

途切れた声で、訴える。歐芳が、にやりと笑ったのが、感じられるような気がした。彼は雪凜の秘めた部分を舐めあげ、ちゅくりと音を立てて解放する。

「ひ、ぅ……、っ、……、っ、……！」

脚を大きく折り曲げられる。拡げられる。唾液以外のものでも濡れた秘所に冷たい空気が触れて、はっとした。

しかしそれに反応する間もなく、舌よりも熱く、硬いものが押し当てられる。雪凛は大きく息を呑み、拡げられた蕾をその太さで破ってくる衝動に耐える。

「いぁ、あ……、ああ……、ん、……、っ、……」

手を伸ばすと、歐芳の背に触れた。抱きしめて、抱き寄せて。すると、歐芳が笑った。

「気持ち、いい……でしょう？」

「あ、は……、っ、……は、は……、っ……」

「ここ、きゅうきゅうって締まって……私を、受け入れている」

はっ、と歐芳が笑う。雪凛は腕に力を込めて、彼を抱き寄せた。唇を合わせて、貫かれる苦しさとあまりの快楽をわけあうように、深くくちづけた。

「っあ、あ……あ、あ……ん、……ん、っ……！」

しかしくちづけは、すぐにほどかれてしまう。ふたりは唇を求め合いながらも、迫りあがる荒い呼気に、激しく胸を上下させた。

「ん、あ……ああ、あ……、っ、……っ、……！」

「は、ぁ……、っ、……、っ……」

歐芳が腰を突きあげるごとに、繋がりが深くなる。雪凜の内壁は擦られ、感じる部分を強く突かれて、息が止まった。掠れた細く、長い嬌声とともに、ふたりの腹に挟まれている、蜜を垂らす雪凜自身が刺激される。

「いぁ、あ……ん、……、ん、ん、……ん、っ！」

どくん、と自身が解き放たれる。同時に歐芳が低い声を洩らし、強く歯を食いしめたのがわかった。雪凜は乱れた呼気を吐きながら彼を抱きしめる腕に力を込め、先を促す。

「はや、……く……、……、っ……」

なおも高められて雪凜は、ああ、と声をあげた。

「も、っと……もっと、……ふ、か……ぁ……」

それに応えるように、抽挿が激しくなる。歐芳の下肢が思わぬ深くを突きあげてきて、堪えきれない嬌声が溢れる。感じる部分を擦りあげられ、雪凜は目の前の世界が白く、染まっていくのを感じていた。


李燕は、息をついて兄の媚態《びたい》を見つめていた。

その白い体が快感にうねるのを、赤い唇から嬌声が洩れるのを、まるで自分が愛撫されているかのように感じながら、見つめていた。

「李燕さま」

「あ、……、っ、……、っ、……」

そんな雪凜と歐芳の姿から、目を逸《そ》らさせようというように、李燕を抱きしめる慧敏の左腕が動く。腰に這う。臀をなぞられ、その奥、双丘の狭間《はざま》を辿られて、李燕の腰が大きくうごめいた。

「そのような、食い入るような目で」

慧敏の言葉に羞恥を覚え、李燕は視線を落とした。そんな彼を左腕で抱き寄せ、慧敏は膝で両脚の間を突きあげてきた。

「いぁ……、ぁ……ん、っ！」

「ここ、このようにして……兄上のお姿で、これほどに感じたと？」

「ああ、あ……、や、ぁ……、けい、び……、ん、……っ……」

彼は左腕で李燕を抱きしめたまま、感じる部分を擦り立てる。途切れ途切れの声をあげながら、李燕は慧敏に縋りつく。

「いぁ、あ……、っ、……、っ、……！」

どくり、と腰の奥から流れ出すものがある。李燕は大きく震え、また褲子を汚してしまったことに気がついた。

「ほら……そのように、感じて」

慧敏は、目をすがめた。彼が唇を舐める。その婀娜《あだ》めいた様子にごくりと固唾を呑む。

すると慧敏は笑い、李燕を体重をかけて押し倒した。

「もっと……見せていただけますか。あなたの、感じているところ」

「いぁ、……っ、あ……ん、……、っ……」

彼の手は、李燕の褲子を引きずり下ろす。布は、白濁で汚れているだろう。自分はさぞや、淫らな姿を晒しているだろう——そう思うと、肌がかあっと熱くなった。

「そのようなお顔を、なさって」

慧敏が、くすくすと笑う。

「頬が、赤くなりましたよ？　ほら……ここも、ここも」

「ひぁ、あ……あ、……、っ、……」

「こんなに、色っぽい姿を……兄上に、晒すおつもりだったのですか？」

彼は顔を伏せ、李燕の腹を舐めた。そこは、放った白濁で汚れているはずで。それなのに慧敏は、まるで美味《うま》いものでも口にしたように、満足そうな顔をするのだ。

「あなたは、私のものなのに？」

「……いぁ、あ……、あ、あ……、っ、……！」

腹を這う舌は、解き放ったあとも勃ちあがったままの李燕自身にすべる。先端をくわえられ、きゅっと力を込めて吸われた。ひくひくと、腰が反応する。

「っあ、あ……ん、……、っ……！」

「そして私も……あなたのものだ」

「ああ、あ……、っ、……」

触れてくる手は左だけで、そのことにたまらない憐《あわ》れみを感じながらも、同時に誇らしい思いがある。慧敏が腕を失ったのは、李燕のため——痛いほどに、胸が鼓動を打つ。

「李燕さま……」

彼の手が、李燕の双丘を拡げる。彼の愛撫に慣らされ、自ら濡れることを覚えた秘部が、ひやりとした。それに大きく身震いしながら、挿り込んでくる舌の感覚を受け止める。

「いぁ、あ……あ、……っ、……、っ……」

にゅくり、と蕾を拡げる弾力。襞を伸ばされる感覚。李燕は大きく目を見開いてそれを受け止め、丁寧に唾液を塗り込められる動きに如実に反応した。

「あ、や……、はや、く……、っ、……」

それでもこれ以上は、耐えられない。我慢できない。李燕が腰を捩ったのに、慧敏が声を震わせて笑った。

「兄上と、同じでいらっしゃいますね」

「ん、や……ぁ、……、……ん、な……こ、と……」

「やはりきょうだいだ、と申しあげるべきですか？　それとも……」

「いや、……ぁ……、っ、……！」

ちゅくん、と音がして、舌が抜ける。刺激を失って李燕は喘ぐけれど、すぐに熱いものが押し当てられた。

「ほら……、あなたの、欲しがっていたものですよ」

嘲笑うように、慧敏がささやく。

「このくらいでは、足りないでしょう？　もっと、深く？　もっと……？」

「っあ、あ……ああ、あ……ん、……、ッ……！」

じゅく、じゅくと、硬いものが挿ってくる。李燕は、大きく体を反らせる。すると呑み込む角度が変わって、新たに柔らかい肉を刺激される感覚に、声をあげた。

「あ、や……、ぁ、あ……ああ、あ……あ、あ！」

慧敏の左手が、李燕の体を押さえ込む。自由な動きを封じられて、それにますます感じた。挿ってくるものは襞を押し伸ばし、敏感な部分を擦りながら、奥へと進んでいく。

「やぁ、あ……、っ、……、っ、……」

「いや、ではないでしょう？」

笑いとともに、慧敏が言う。

「いい、でしょう？　もっと、なのではないのですか？」

「……っあ、あ……、あ……、あ、……ああ、あ！」

ささやかれる言葉は聞こえていても、李燕はもう答えられない。ただ体を慧敏に預け、その促すままに感じるしかない。

「言って……」

慧敏の声が、耳の奥に忍び込んでくる。

「ねぇ、……あなたの声で、聞きたいんです」

「い、い……、っ、……、っ……」

ひくり、と李燕は下肢を跳ねさせる。くわえ込んだものが少し抜け出て、その感覚にまた意味のない喘ぎが溢れ出る。

「あ、あ……っあ、あ……も、……っと……！」

ふふ、と慧敏が笑った。その声は情欲に色づいて艶めいていて、李燕をぞくぞくとさせた。

「もっと、……ねぇ。ふか、い……ところ、まで……」

李燕の声に、慧敏の淫らな笑いが絡む。彼の左手は李燕を抱きしめ、さらなる抽挿の助けをした。その衝動に、もう耐えられない。これ以上の快楽は、もう。

「いぁ、あ……ん、……、ん、んっ、……っ！」

触れられないままに、李燕自身がどくどくと放たれる。欲液が肌を垂れ流れて、ふたりが繋がっているところに混ざる。

「あ、あ……あ、あ……、っ、……」

「……ふ、……、っ……」

ふたりの声も、絡み合い混ざり合い。

李燕は、房室に広がる複数の声を聞いた。しかし彼の頭にあるのは、自分を抱く慧敏のことだけ。ただ愛する彼のことだけ。

終

あとがき

こんにちは、雛宮さゆらです。いつもありがとうございます。

さて、今回は四人出てきますが、4Pというわけではありません（それっぽいシーンは出てきますが。ちなみにこのシーン、受けふたりが「百合兄弟」と呼ばれておりました）。兄カップル、弟カップル、というわけで『ふたりの花嫁王子』です。花嫁王子っていい響きですね。つけてくださった担当さんに感謝です。

そんな中、近況……というか、季節の変わり目にいろいろトラブルが起こる、私の体&私の環境、どうにかしてほしい……この締切間際に突然のスランプに襲われたり、自律神経をやられてしまったり、持病の腰痛に寝込む羽目になったり、繰り返しの謎のスランプに見舞われたり、とさんざんでした……なんか呪われてるのか。本気で翌桾《げいくん》の呪いかと危惧して（笑）お寺にお祓いに行ってきましたよ……いや、本当に。お寺の人には、そんな思い込みのことはもちろん言いませんでしたが（あたりまえだ）。

そんなこんなで、虎井先生、担当さん、デザイナーさん、校閲さん、関わってくださったすべての皆さまにさんざんなご迷惑をおかけした本ですが、どうにかあなたのお手もとに届いているようでほっとしております。あらゆる方向に、深く深く感謝いたします。

謝意を。いつもありがとうございます、の虎井シグマ先生。今回も、大変うつくしい画をありがとうございました。カラー口絵で触手というのは、BL界はじめて、かもしれない、ということで、チャレンジしていただきましたが、そんな雪凜も、李燕も歐芳も慧敏も、みんな堪能させていただきました。コメントページの、チビキャラ受けふたりが大変かわいかったです。ありがとうございました。

いつもお世話になっています、の担当さん。前述どおり、いつもながらにご迷惑をおかけいたしました。無事発行できたのは、担当さんをはじめ、関わってくださった皆さまのおかげです。いつもありがとうございます。

そしてなによりも、読んでくださったあなたへ。ありがとうございました。楽しんでいただけておりましたら嬉しいです。またお目にかかれますように。

雛宮さゆら

最初は歐芳が好きでしたが
読み進めるうちに意外に
愛の深い慧敏にやられました…
二組共かわいすぎますね

雛宮先生、担当様、読者の皆様、
ありがとうございました！

2016.6　虎井シグマ

本作品は書き下ろしです。

ラルーナ文庫

この本を読んでのご意見・ご感想・ファンレターなどお待ちしております。〒111−0036 東京都台東区松が谷1−4−6−303 株式会社シーラボ「ラルーナ文庫編集部」気付でお送りください。

ふたりの花嫁王子《はなよめおうじ》

2016年9月7日 第1刷発行

著　　者｜雛宮《ひなみや》さゆら

装丁・DTP｜萩原 七唱

発 行 人｜曺 仁警

発 行 所｜株式会社 シーラボ
〒111-0036 東京都台東区松が谷1-4-6-303
電話 03-5830-3474／FAX 03-5830-3574
http://lalunabunko.com

発　　売｜株式会社 三交社
〒110-0016 東京都台東区台東4-20-9 大仙柴田ビル2階
電話 03-5826-4424／FAX 03-5826-4425

印刷・製本｜シナノ書籍印刷株式会社

※本書の全部または一部を無断で複写することは著作権法上での例外を除き、禁じられています。
乱丁・落丁本は小社宛てにお送りください。送料小社負担にてお取替えいたします。
※定価はカバーに表示してあります。

© Sayura Hinamiya 2016, Printed in Japan

ISBN978-4-87919-972-0

LaLuna

毎月20日発売！ ラルーナ文庫 絶賛発売中！

孕ませの神剣～碧眼の閨事《ねやごと》～

｜高月紅葉｜イラスト：青藤キイ｜

憑き物落としの妖剣・獅子吼が巡り合わせた、
碧い目の美丈夫と神職の青年の不思議な縁。

定価：本体680円＋税

三交社